dtv

Reihe Hanser

Ein Garten voller Licht und Farben, eine Frau, die auf geheimnisvolle Weise verschwunden ist, und die Geschichte einer Liebe, die auch nach Schmerz und Verlust bleibt. Es ist Katies erster Sommer nach dem Tod ihrer Mutter. Aber wie ihr Vater will sie leben und sich nicht unterkriegen lassen. Zur Ablenkung beginnt sie, im Garten der Nachbarin mit anderen Ferienangestellten zwischen Lilien und Dahlien bei glühender Hitze zu schuften. Bis sie bald eine Frage nicht mehr loslässt: Warum hat seit Jahren niemand mehr im Ort die Nachbarin gesehen? Warum ist der Gärtner scheinbar der einzige Mensch, der Kontakt zu der fremden Frau hat? Katie wird das Rätsel lösen. Und je mehr sie der unsichtbaren Nachbarin auf die Spur kommt, desto mehr Liebe und Freude kehren auch in ihr eigenes Leben zurück. Es wird ein Sommer der großen Gefühle. Mit Menschen an Katies Seite, die ihr zeigen, was Schönheit ist.

Beth Kephart studierte Literatur an der University of Pennsylvania, wo sie heute Creative Writing unterrichtet. Für ihre Jugendromane wurde sie in den USA mehrfach ausgezeichnet.

Beth Kephart

Nichts als Liebe

Roman

Aus dem Englischen von
Cornelia Stoll

Deutscher Taschenbuch Verlag

Das gesamte lieferbare Programm der *Reihe Hanser*
und viele andere Informationen finden Sie unter
www.reihehanser.de

MIX
Papier aus verantwortungsvollen Quellen
FSC® C019821

Deutsche Erstausgabe 2012
Deutscher Taschenbuch Verlag GmbH & Co. KG,
München

Titel der Originalausgabe: ›Nothing But Ghosts‹
(HarperTeen, an imprint of HarperCollins*Publishers*, New York)

Umschlaggestaltung: Doris Katharina Künster
Gesetzt aus der Centaur 11/14'
Satz: Fotosatz Amann, Aichstetten
Druck und Bindung: Druckerei C. H. Beck, Nördlingen
Gedruckt auf säurefreiem, chlorfrei gebleichtem Papier
Printed in Germany · ISBN 978-3-423-62518-0

In Erinnerung an meine Mutter

I

Es gibt die Dinge, die gewesen sind, und die Dinge, die noch nicht gewesen sind. Dazwischen schnörkelt sich eine Linie in schwarz-gelben Warnfarben, wie das Gefieder des dummen Vogels, der jeden Morgen an mein Fenster klopft und mich mit seinem Gehämmer aufweckt. Eigentlich müsste die Fensterscheibe zerspringen, oder der Schnabel des Vogels müsste zerbrechen. Eigentlich müsste ich mich gleich wieder in den Schlaf träumen, weil ich schon sechzehn, also erwachsen bin, und weiß, wie die Dinge laufen. Aber jeder Tag beginnt gleich: Regelmäßig werde ich vom nervigsten Vogel aller Zeiten wach gehämmert.

»He, hör endlich auf«, sage ich und setze mich auf und streiche mir die Haare aus dem Gesicht. Der Fink sieht mich kurz und komisch an, dann rattert er weiter. Ich sage: »Geh weg.« Er denkt nicht daran. Ich stehe auf und drücke meine Nase an die Fensterscheibe, aber der Vogel bleibt einfach sitzen. Sitzt da und hämmert. »Was hast du bloß?«, sage ich und lasse mich wieder auf das Bett fallen. Auch mit dem Kissen kann ich das Geräusch nicht dämpfen.

Es ist erst Viertel nach sechs. Irgendwo in meinem Hirn zischt es wie in einem Teekessel, aber wenn ich jetzt die Augen zumache, komme ich niemals pünktlich zur Arbeit. Unten wird eine Orange geschält, das rieche ich. Die Kaffeemaschine schnaubt und dampft wie an jedem Morgen. Ich sehe

Dad vor mir – mit seinem übergroßen T-Shirt, das bis unter seine Boxershorts hängt, und seiner absolut ätzenden Brille, in der sich die Sonne spiegelt, die durch das Fenster über der Spüle fällt. Die Zeitung hat er wie ein Tischtuch vor sich ausgebreitet, und seine Haare stehen wie Kammfedern von seinem Kopf ab. Morgens ist Dad alles andere als eine Schönheit.

»Du siehst ziemlich verrückt aus«, informiere ich ihn.

»*Eine* Schönheitskönigin im Haus ist genug, Katie«, erwidert er.

Unser Haus ist zu groß für uns, und auch zu alt. Auch als meine Mutter noch lebte, kam ich mir in den übergroßen Zimmern mit den dunklen Möbeln, die schon seit Ewigkeiten dort stehen, verloren vor. Das Haus ist von der Mutter meiner Mutter vererbt worden. Deren Mutter (im Treppenhaus hängt ein Bild von ihr) hat auf dem Rasen vor dem Haus geheiratet. Vor vielen Jahren wurden die Backsteinwände weiß angestrichen. Unter dem Efeu blättert das Weiß stellenweise ab, aber sonst deckt die Farbe fast überall noch. Deshalb sieht das Haus selbst im Sommer wie nach einem Schneesturm aus.

Gegenüber der Einfahrt befindet sich das Atelier – ein ehemaliger Stall mit einem Büro im Obergeschoss und einem darunterliegenden, riesigen offenen Raum, wo mein Vater seine Bilder restauriert. Spezialstrahler leuchten den Raum aus, auf einem fahrbaren, weißen Tisch stehen Töpfe mit Harz und Gips, Blechbüchsen, Vasen und Bleistiftständer mit Pinseln. Die Leisten für die Rahmen sind wie Brennholz gestapelt. In einer Ecke lehnen Rollen mit knitteriger Folie. Die Leute kommen von überall her, um meinen sonderlichen, etwas schrägen Dad zu besuchen. Die Gemälde werden in Kisten, Lastern oder als aufgerollte Leinwände angeliefert – Lieblingsgemälde, Gemälde mit Schmutz- oder Tränenspuren, Kaminschwarz verrauchte Gemälde oder in Kellern vergessene, von einer dicken Schimmelschicht überzogene Bilder. Alles, was hereinkommt, mustert er durch seine Brillen – Tausende von Brillen, die er auf seinem Kopf oder um seinen Hals trägt oder die tief auf seiner Nase sitzen.

»Du hast aber nur zwei Augen«, gab ich ihm einmal zu bedenken.

»Ja, aber so viel Rauch und Zeit zu durchschauen«, erwiderte er.

Dad beherrscht die Kunst, Licht in das Dunkel zu bringen, Sprünge zu kitten, die sich durch die Bilder ziehen, Verschwundenes ins Land der Lebenden zurückzuholen. Mit Ausnahme von Mom, die drei Monate nach der offiziellen Diagnose verschwand. Drei Monate. Gerade mal neunzig Tage. Weder Wissenschaft noch Chemie konnten sie retten. Auch Dads genialer Konservatorenblick konnte nichts mehr ausrichten. Eine Weile gab ich ihm die Schuld, aber dann nicht mehr. Er hatte Mom über alles geliebt. Das hatte ich mit eigenen Augen gesehen.

Meine Mom verschwand am Tag vor Weihnachten, und natürlich fiel das Weihnachtsfest danach aus. Auch mein Geburtstag fiel aus, das war im Februar. Und Ostern ebenfalls. Als ich den Preis für den besten Aufsatz gewann, lud mich Dad zum Mittagessen ein, das war wirklich lieb und nett, aber Mom? Mom hätte das ganze Haus mit Pfingstrosen geschmückt, weil Pfingstrosen die schönsten Blumen der Welt sind und am besten duften. Pfingstrosen besitzen Persönlichkeit, sagte Mom, und Gefühle – die roten sind keck, die pfirsichfarbenen schüchtern und die violetten abenteuerlustig. Davon und von unzähligen anderen Dingen war Mom felsenfest überzeugt. Sie rief mir ihre Blumenphilosophie von unten durch das Treppenhaus zu und ging dann ins Atelier, um sie ihrem Lieblingsrestaurator mitzuteilen.

Das geht nicht: ganz voller Leben sein wie Mom und dann tot sein. Das geht nicht: so laut singen, dass jedes Zimmer eines alten Hauses mit purer Freude erfüllt ist und plötzlich verstummen. Das passt nicht zusammen. Am Anfang wurde ich fast verrückt, weil das alles so verkehrt war. Dann sprachen Dad und ich miteinander, und er sagte, er wüsste kein Mittel dagegen außer Arbeit. Daraufhin belegte ich noch mehr Kurse und Arbeitsgemeinschaften an der Schule. Mit meinen beiden besten Freundinnen Jessica und Ellen unternahm ich fast nichts mehr, weil ich keine Lust hatte, ihnen zu erklären, wie es mir ging. Ich wollte ihre Fragen nicht beantworten und ihr Mitleid nicht spüren müssen. Einen Tag nach den letzten Klassenarbeiten fand ich einen Job auf dem Anwesen der verrückten Miss Martine.

Dad arbeitet zehn Stunden am Tag an seinen Gemälden und schlüpft abends in die Rolle des Küchenchefs. Er ist kein Meisterkoch, eigentlich ist er gar kein Koch, aber er liest Kochbücher, schnippelt und hackt und steht am Herd und rührt in den Kochtöpfen. »Was gibt's heute, Dad?«, frage ich ihn immer.

»Das beste Brathähnchen, das du je gegessen hast«, sagt er dann. Oder »Hamburger au gratin.« Oder »Gegrilltes Schweinesteak, zart und saftig.« Ich verdrehe die Augen. Aber das ist ihm egal.

Meine Aufgabe ist es, die Küche aufzuräumen – die Bratpfanne, den Bratpinsel, das Schneidebrett, die Teller, das Tafelbesteck, den Grill zu putzen, die Reste von den Möhren und dem italienischen Knoblauch zu entsorgen. Wenn ich damit fertig bin, sitzt Dad bereits im dunklen Wohnzimmer auf dem Sofa, der Fernseher flimmert bläulich, die David-Letterman-Show läuft, und er nickt immer wieder ein. Er schläft nicht mehr in seinem richtigen Bett. Ich bin jetzt die Einzige im oberen Stockwerk, und manchmal höre ich ein Flattern. Das ist aber nicht der Vogel und auch keine Fledermaus. Dad habe ich noch nichts davon gesagt.

Aber jetzt ist es Morgen, und Dad streut sich drei oder vier winzige Reiscrispies in eine riesige Schüssel voller Milch. Er hat einen Suppenlöffel aus der Besteckschublade genommen und steht, die Schüssel auf Kinnhöhe haltend, vor der Spüle. Vier Reiscrispies in einem Meer von Milch.

»Wir besitzen auch Stühle«, sage ich, worauf er grunzt. »Man isst nicht im Stehen«, sage ich. Er zuckt mit den Achseln. Ich öffne die Kühlschranktür, nehme mir eine Dose Limonade und aus dem Gemüsefach einen Apfel und stecke beides in meinen Stoffrucksack, der an meinem Rücken klebt wie Sammy Mack, der kleine Junge von der anderen Straßenseite. Dad und ich nennen Sammy »das Äffchen«, weil er genau wie ein Äffchen ist. Schaut man hoch, sitzt er in einem Baum, bückt man sich, klettert er einem auf den Rücken. Er ist erst vier. Ich habe seiner Mutter gesagt, dass er bestimmt einmal Alpinist wird. Oder an den Olympischen Spielen teilnehmen wird. Seine Haare sind rot, feuerrot. Seine Augen sind kleine blaue Knöpfe.

»Dad, ich muss los«, sage ich.

»Arbeite nicht so viel«, sagt er.

»Vergiss deine Brille nicht«, sage ich ihm. Als ob er sie jemals vergessen könnte.

»Vergiss dein Lunch nicht.« Als ob ich das jemals vergessen könnte.

Ich habe ein Zehngangrad mit dünnen Reifen, ein richtiger Silberpfeil. Wenn man mich und mein Fahrrad von einer Wolke aus betrachten würde, würde man uns für einen Reißverschluss halten. Weil wir so schnell sind und den ganzen Weg zu Miss Martine wie am Schnürchen gezogen zurücklegen.

2

Als Gärtner steht man mit den Hühnern auf. Das ist Regel Nummer eins. Man erscheint am Arbeitsplatz, bevor die Sonne unter den Bäumen brütet, solange es noch kühle schattige Flecken gibt. Die schattigste Ecke im Garten von Miss Martine ist am Ufer des kleinen Wasserlaufs mit der Brunnenkresse. Dort versammeln wir uns jeden Morgen und bekommen von Old Olsen unsere Arbeiten zugeteilt. Old Olsen weiß genau, was gejätet, umgegraben, ausgeschnitten oder abgestützt werden muss. Es gibt Leute, die das ganze Jahr hindurch für Miss Martine arbeiten, und die Saisonarbeiter, von denen ich die Jüngste bin, wenn auch nur knapp. Heute teilt uns Old Olsen in zwei Gruppen auf. Er bezeichnet sie als Familien. Sommersippschaft. »Es geht um ein Ausgrabungsprojekt«, sagt er. Mich teilt er zum Graben ein.

Man muss den Bach überqueren, um an die richtige Stelle zu kommen. Man muss von einem Stein zum andern und dann mit einem großen Satz ans Ufer springen. Ich überquere den Bach als Letzte. Die Schnürsenkel meiner Arbeitsstiefel schleifen durch die dicht wuchernde Kresse, unter mir, in meinem Schatten, schwimmt eine Schildkröte. Auf der anderen Seite gibt es nicht viel mehr als zerbröselte Mauerreste und das strahlende Blau der Hortensien. Das weiß ich, weil ich gestern dort war, ganz allein, und dem Fließen des Wassers zugehört habe.

Ida hat sich auf die zerfallenen Mauerreste plumpsen lassen, ein Sonnenkegel ist durch das Astwerk geschlüpft und fällt auf ihr breites Gesicht mit den zusammengekniffenen Augen. Ein zerdrückter Hut sitzt auf ihren dünnen, grauen Haaren, und ihre Shorts sind viel zu kurz. »Hier liegt Geschichte«, verkündet sie. Sie bildet sich ein, alles zu wissen.

»Das gibt einen Haufen Arbeit«, sagt Reny, der andere Festangestellte, der so fürchterlich dünn ist, dass seine Hose an ihm nur so schlottert. Manche behaupten, Reny sei Idas Mann, aber ich sehe sie nur miteinander streiten. Danny und Owen zanken sich auch ständig, aber das ist etwas anderes, weil sie Brüder sind, praktisch Zwillinge. Danny wird ab Herbst aufs College gehen, dann verschwindet sein zitronengelber Lockenkopf Richtung Boston. Owen und ich kommen dann in die Abschlussklasse. Owen ist Captain der Lacrosse Schulmannschaft. Ich habe mit den beiden nicht viel zu tun, aber ich habe auch nichts gegen sie. Seit Kurzem sagen sie »Mädchen« zu mir. Wie in »He, Mädchen, was gibt's?« und »Mädchen, du bist ganz schön verrückt« oder »Mädchen, das mit deiner Mutter tut uns echt leid«.

Jetzt kommt Old Olsen mit seinem mintgrünen umgebauten Golfcart – er ist bachaufwärts bis zur Brücke gefahren, dann über die Brücke hinüber und am hiesigen Ufer wieder zurück. Er hat Schaufeln, Eimer, Siebe und Pickel für den Erdaushub geladen. »Miss Martine möchte eine Gartenlaube«, sagt er. »Dieser Platz gefällt ihr am besten. Dafür müsste man allerdings einen Bagger einfliegen lassen, aber das möchte sie nicht. Deshalb graben wir mit Hacke und Spaten – auf besondere Anweisung von Miss Martine. Alles Handarbeit, bis wir fertig sind.«

»Die Frau tickt nicht richtig«, sagt Owen.

»Sie ist der Boss«, erwidert Old Olsen. »Sie zahlt.«

Reny verhakt seine Daumen im Hosenbund und rührt sich nicht. Ida zieht einen breiten Grashalm aus der Wiese und fängt an, ihn in Streifen zu reißen. Also fasst Old Olsen mich als Erste ins Auge und mustert mich unter seinem verschlissenen Strohhut. »An die Arbeit, Mädchen«, sagt er, »du kannst dir aussuchen, womit du gräbst.« Ich betrachte das Golfcart, lasse es links liegen und gehe schnurstracks zu Ida. Ich bücke mich und suche mir einen Stein in ihrer Nähe. Ein Stein, groß wie eine Suppenschüssel und schwer. Ich wanke kurz, dann richte ich mich auf. Nur keine Schwäche zeigen.

»Wohin damit?«, frage ich Old Olsen mit dem Ding in meiner Hand.

Er zeigt hinter den ausladenden Tulpenbaum, wo Danny steht, die Arme verschränkt und mit jeder Muskelfaser seine Schönheit zur Schau stellt. »Hier am alten Lastesel vorbei«, sagt er und grinst breit.

»Das Mädchen hat Muckis«, bemerkt Owen, als ich mich auf den Weg mache.

»Und du stehst einfach da und schaust zu?«, fragt Danny.

»Nee«, sagt Owen und hebt einen Stein auf. Und jetzt bücken sich auch Ida und Reny und Danny und hieven Steine hoch. Gemeinsam tragen wir die Mauer ab, um zu dem Geheimnis der darunterliegenden Erde vorzudringen. Staubwolken erheben sich wie bleiche Flügelwesen. Es riecht nach Altertum. Ein lila Schmetterling taumelt zwischen Licht und Schatten.

3

An diesem Abend bereitet der Küchenchef Forelle in Safranbutter zu. Auf der Brust seines weißen Arbeitshemds ist ein orangefarbener Fleck, er hat eine Schürze umgebunden, irgendetwas Geblümtes, das nicht einmal Mom getragen hätte, weil es so läppisch aussieht.

»Neues Rezept?«, frage ich.

»Mach dich auf etwas ganz Besonderes gefasst«, sagt Dad.

»Du brauchst ein Lätzchen, keine Schürze«, sage ich und glotze auf den Fleck.

»Und du brauchst Manieren«, erwidert Dad.

Er hat die Zeitung vom Küchentisch geräumt. Seine Frisur sieht heute nicht ganz so nach verrücktem Wissenschaftler aus. Er hat wie immer für drei gedeckt und eine Rose aus dem Garten auf den Tisch gestellt. »Für alle Fälle«, sagte er einmal, und ich wusste, was er meinte. Ich weiß, dass ihm all dies, neben seiner Arbeit, hilft zu überleben. Er macht aus dem Abendessen ein Ereignis, weil Mom das auch getan hat. Das ist seine Art, sie nicht zu enttäuschen. Er sagt, er möchte gut vorbereitet sein, falls Mom einmal zu Besuch kommen will. Heute Abend gibt es Salat zur Forelle und im Ofen aufgebackene Brötchen.

»Wir heben Erde bei Miss Martine aus«, erzähle ich, als wir uns setzen.

»Wie tief?« Er zieht die Augenbrauen hoch.

»Einen Meter zwanzig oder so. Sie will eine Gartenlaube bauen lassen.«

»Komisch. Ich dachte, sie hätte schon eine.«

»Sie will zwei.«

»Wer sagt das?«

»Old Olsen.«

»Und wozu?«

»Das hat er nicht gesagt.«

»Wolltest du das nicht wissen?«

»Ich habe nicht gefragt.«

»Findest du das nicht seltsam? Diese extreme Einsiedlerin möchte eine zweite Gartenlaube. In ihrem Alter?«

»Doch, das ist seltsam. Aber nicht seltsamer als du. Schließlich versteckst du dich hinter deinen Gemälden.«

»Pass auf, was du sagst.«

»Ich mein ja nur.«

»Du machst mich noch wahnsinnig, und was hast du dann davon?« Er verzieht seinen Mund zu einer komischen Schnute und lächelt.

»Erdnussbutter und Marmelade«, sage ich.

»Erdnussbutter und Marmelade für immer und ewig.«

Ich sehe ihn an und gebe ihm zu verstehen, dass ich verstanden habe.

»Zieh mich bloß nicht mit meiner Einsamkeit auf, in Ordnung? Wann hast du dich das letzte Mal mit Jessie getroffen?«

»Na ja«, sage ich und kehre zum ursprünglichen Thema zurück, weil ich diese ewigen Geh-doch-mal-wieder-mit-deinen-Freundinnen-aus-Gespräche satthabe, »wir graben. Nur ich, Ida, Reny, Danny und Owen, und wir haben nur vier Wochen Zeit.«

»Ihr schafft das.«

»Einen Meter zwanzig«, jammere ich.

»Betrachte es als eine archäologische Expedition.«

»Wir sind nicht in Ägypten, Dad.«

»Wer weiß, was ihr noch alles findet.«

Er schiebt seinen Salat auf dem Teller hin und her, und ich probiere ein Häppchen Fisch. Ehrlich gesagt schmeckt es gar nicht übel, aber das muss ich Dad nicht sagen. »Also, ich muss mich selbst loben«, sagt er und setzt sein Goofygrinsen auf, und das versetzt mir ganz unvermittelt einen richtigen Schlag: Ich wünschte, Mom könnte ihn so sehen. Dad mit Safranflecken und grüner Schürze und der Vase mit der Rose, wie er sich bemüht, alles richtig zu machen, als wäre sie nicht fort und als würde ich nicht in einem Jahr ausziehen. Er trägt immer noch seinen Ehering am Finger und das geflochtene Lederarmband, das Mom ihm in Barcelona gekauft hat. Im Sommer trinkt er Brombeerlimonade, Moms Lieblingsgetränk. Mir ist plötzlich nicht mehr nach Reden zumute.

Vor dem Küchenfenster geht das Dämmerlicht ins Schwarz der Nacht über. Wir essen zu Ende, ich räume den Tisch ab und schrubbe und seife und wische die Arbeitsflächen ab. »Gute Nacht, Schätzchen«, sagt Dad und geht. Er geht durch den langen Flur mit den alten Sachen und schaltet den Fernseher ein. Bis zur Letterman-Show sind es mindestens noch drei Stunden. Die Küche ist fertig. Ich trete vor die Küchentür, setze mich auf die Treppe und schaue mir den Mond an. Den ganzen Sommer über stand er hell und rund am Himmel. An diesem Abend ist er groß und voller Krater und Risse, mit einem Lichthof, der sich unaufhörlich verwandelt.

Der Mond pulsiert wie ein Herz. Nur das Zirpen von Grillen ist zu hören, das nervöse Piepsen von Vögeln und Sammy Mack, der im Haus auf der anderen Straßenseite Zeter und Mordio schreit, weil jemand ihn in die Badewanne steckt. Später sehe ich durch ein Fenster, wie er in seinem Zimmer von Bett zu Bett hüpft. Sammy braucht ein Trampolin. Und außerdem eine volle Wagenladung Geduld.

Habt ihr euch schon mal gefragt, woraus eine Seele besteht? Ob sie aus Mondstaub oder Mondlicht gemacht ist? »Mom?«, sage ich, als könnte sie mich hören. »Mom, bist du da? Irgendwo?«

4

Am nächsten Tag ist der Fink wieder aktiv, diesmal noch früher und noch lauter. Ich stütze mich auf meine Ellbogen und schüttle mir Haarsträhnen aus dem Gesicht. Der Kerl ist gelb wie ein Kanarienvogel und hat eine dunkle Haube über dem Gesicht. Was für ein entzückender kleiner Schlingel, hätte meine Mutter gesagt. »Gewonnen«, sage ich, aber jetzt hämmert er wieder los und hält nur kurz inne, um seinen Kopf zur Seite zu legen und dann erst recht weiterzuhacken. Die Wände meines Zimmers sind mintgrün gestrichen, bis auf die Fensterwand, die meine Mutter zu meiner Geburt weiß gestrichen hat. Die altmodischen Fenster haben richtige Fensterkreuze, die halb verwittert sind. Der Fink attackiert eine bestimmte Scheibe, es ist immer dieselbe Scheibe, immer genau dieselbe Stelle, als sei dies hier seine Grube, die er ausheben muss.

Hinter dem Fink befindet sich die Krone des alten Ahornbaums, dahinter der Himmel und die Sonne. Die Morgendämmerung ist noch in ihrer gelbroten Phase. Auch Dads Kaffeemaschine ist noch nicht an. Was, wenn das Glas zerspringen und der Vogel hineinfliegen würde? Wenn das ganze obere Stockwerk auseinanderbräche und einstürzte? Ich stelle mir vor, wie der Fink in meinem Lampenschirm ein Nest baut und seine Federn in meine Schuhe, auf meine Bettdecke, mein Kissen, auf mich herabfallen lässt. Ich stelle mir vor, wie unter dem Vogel alles zusammenbricht. Plötzlich fällt mir Miss Martine ein, die ihre Wünsche durch Old Olsen vermitteln lässt. »Miss Martine möchte eine Lavendelrabatte«, teilt er uns mit. »Miss Martine möchte, dass wir die welken Narzissen abschneiden.« »Miss Martine möchte, dass wir die schwarzäugige Susanne ausdünnen, und sie will einen Zweig der Kornelkirsche als Tischschmuck.«

Einmal habe ich in der Stadtbücherei über sie recherchiert. Sie war wirklich ungewöhnlich, genau wie Ida manchmal erzählt. Die heiß umworbene einzige Erbin der Everlasts, die niemals geheiratet hat. Sie wurde am 8. April 1938 geboren, ist also neunundsechzig Jahre alt, und seit dreiundfünfzig Jahren ist sie nicht mehr gesehen worden – geschweige denn, dass sie auf dem Rasen ihres Hauses eine Party geschmissen oder sich mit einem Kerl gezeigt hätte, sei er reich, alt oder hässlich. Sie hatte ihre eigene Art des Verschwindens, und wenn ich Ida und sogar Reny frage, sagen sie, es hieße, sie hätte ihr gesellschaftliches Leben nach einem mächtigen Sturm beendet, der Sturm sei mitten durch die Stadt gefegt. »Ein Sturm wie eine Bowlingkugel«, sagt Reny. »Hat eine Menge Häuser abgedeckt. Eine Scheune in Brand gesetzt. Einen Zug von den Schienen gerissen. Es gab Tote. Die Leute bekamen es mit der Angst. Das jedenfalls erzählt man sich, denn ich war nicht dabei. Ich habe damals weit weg in den Blue Hills als Gärtner gearbeitet.« Old Olsen kennt Miss Martine schon sein ganzes Erwachsenenleben. Das ist der Grund, sagen die Leute, warum sie ihm ihre Wünsche anvertraut.

Dad ist aufgestanden. Ich höre das Schnaufen der Kaffeemaschine. Ich sage dem Fink, er soll verschwinden und sich kaputt hacken. Ich nehme meine Sachen und gehe durch den Flur zur Dusche, an dem verschlossenen Zimmer vorbei. Da drin sind die Sachen meiner Mutter – ihre Kleider, ihr Schmuck, ihre Schuhschachteln, ihre Sammlung bunter Glasflaschen. Sie hatte die Flaschen dicht an dicht auf die Fensterbretter gestellt, sodass das Zimmer nie gleich aussah – die Farben wechselten je nach Sonneneinfall, je nachdem, wie sich die Farben des reflektierenden Lichts an Wänden und Decke vermischten. »Es ist, als befände man sich in einem riesigen Kaleidoskop«, sagte sie. Diese Vorstellung machte sie glücklich.

Am Ende, als die Ärzte sagten, dass sie nichts mehr tun könnten, als mein Vater sie um eine bessere Auskunft anflehte und ich einen Hass auf alles Lebendige entwickelte, das meine Mutter überleben würde, da war das Kaleidoskop das Einzige, das meiner Mutter noch blieb – sie beobachtete, wie das Zimmer sich veränderte, wenn die Sonne auf sie zu- und an ihr vorbeiwanderte. Dann erschienen über ihr an der Decke lila, orangefarbene und moosgrüne Flecken. Und in die Falten ihres Kissens legten sich rubinrote Schatten.

»Du bist so schön, Claire«, sagte mein Vater zu ihr. Aber meistens saß er nur schweigend da. Der Stuhl, auf dem er saß, ist immer noch da, leer. Die Farben prallen aufeinander, aber niemand sieht ihnen zu.

5

Der Staub hat sich gelegt, dafür sind jetzt Insekten da – eine kleine blauschwarze Wolke von Insekten, die sich einfach nicht vertreiben lässt. Ich habe es mit den Händen versucht, mit der Schaufel, habe sogar einen Stein nach ihnen geworfen. Ida sagt: »Hast du etwa gedacht, der Garten wäre insektenfrei?« Und Owen sagt: »Ich glaube nicht, dass sie stechen.« Old Olsen sagt, die Insekten seien der Grund, warum wir über Tarif bezahlt würden, obwohl wir Jugendliche sind, dann zuckt er die Achseln und geht davon.

Für Stechmücken sind sie zu klein, und Fliegen sind es auch nicht. Obwohl sie nicht stechen, hasse ich das kreissägenähnliche Geräusch, das sie machen. Nach einer Weile seufzt Danny und sagt: »Mädchen.« Dann greift er in seinen Rucksack und zieht eine Kappe der Boston University heraus. »Kannst du behalten«, sagt er und setzt sie mir auf den Kopf, »zu Hause habe ich noch eine.« Er zieht den Schirm bis auf meine Nase hinunter. Er fächelt ein bisschen vor meinem Gesicht herum und lächelt sein strahlendes weißes Lächeln. Das hilft vielleicht ein bisschen, aber ich tue, als ob es sehr viel helfen würde, und schleiche wieder an meinen Arbeitsplatz zurück. Jeder hat eine andere Stelle zum Graben zugewiesen bekommen. Reny hat den Teil mit den dicksten Wurzeln.

Gestern Abend hat Old Olsen die Baustelle im Garten mit Kreide markiert, und heute Morgen habe ich mir aus seinem alten Golfcart einen Spaten geholt und in die Erde gestochen. Dort, wo die Mauer war, war die Erde noch feucht, und es gab Schneckenhäuser, Würmer, ein Knäuel mit alter Schnur und sämtliche Bazillen und Pilze, die sich nach Aussage unseres Biolehrers dort befinden müssten, die ich aber nicht sehen kann. Aber wenn ich den Spaten ungefähr zehn Zentimeter tief einsteche, ist die Erde anders – hart und widerspenstig, als wollte sie etwas schützen. Jeder Spatenstich kostet eine irrsinnige Anstrengung und tut weh. Ich bin das Mädchen, und ich bin die Jüngste, aber nicht nur mir fällt die Arbeit schwer, auch Danny hat sein Gesicht vor Anstrengung verzogen, er fasst den Spatenstiel fester und setzt mehr Gewicht auf das Blatt. Die Erde, zehn Zentimeter tief, gibt einfach nicht nach, jedenfalls nicht bei Miss Martine am anderen Ufer, und jetzt beschwert sich Reny – er wischt sich den Schweiß von der Stirn und sagt: »Eine Gartenlaube? Stimmt das, Old Olsen? Das soll wohl ein Witz sein?« Ida hat große feuchte Flecken auf ihrem weißen T-Shirt. Owen unterbricht seine Arbeit und genehmigt sich eine Flasche Gatorade. Ich stelle mir meinen Vater in der Kühle seiner Garage vor. Ich würde alles dafür geben, dort zu sein, auch wenn ich ihn traurig machen würde.

»Eine Spitzhacke wäre praktisch«, sagt Old Olsen nach einer Weile.

»Hat wohl nicht in deine Karre gepasst?«, fragt Reny.

»Habe sie oben hinterm Herrenhaus stehen lassen. Brauchte sie gestern für ein anderes Projekt.«

»Was er wohl damit gewollt hat?«, fragt Ida, und ich weiß wirklich nicht, warum Old Olsen sich überhaupt mit ihr abgibt.

»Ich hole sie«, melde ich mich, bevor es jemand anderes tut.

»Hole was?«, fragt Owen. Ich glaube, mit seinem Gatorade ist er in andere Sphären gedriftet.

»Die Spitzhacke.«

»Ich kann sie auch nach der Mittagspause holen«, sagt Old Olsen.

»Nein«, sage ich, »das macht mir wirklich nichts aus.« Und das stimmt, denn in Wahrheit bin ich froh – ich kann mich bewegen, über den Bach hin- und wieder zurückhüpfen. Zurück zu einem Loch, das bis dahin etwas tiefer geworden ist. Ich kann sogar vor den Insekten weglaufen, zumindest kann ich es versuchen. Und ich habe eine gute Tat vollbracht.

»Also, dann lauf«, sagt Old Olsen, »aber beeil dich.«

»Da läuft das Mädchen«, sagt Owen. Ich ziehe Dannys Kappe tiefer und renne los.

***

Ich nehme den langen Weg, weil der nicht so steil ist und weil es dort schattiger ist. Wenn man das Anwesen von Miss Martine überquert, ist es, als würde man von einem Land zum nächsten reisen. Sie hat Beete mit roten Blumen, nur rote Blumen. Sie hat Wiesen mit Apfelbäumen, nur Apfelbäume. Sie hat einen hübschen Steingarten, in dem Yvonne jeden Morgen Unkraut jätet. Außer den Steinen leuchten dort nur die Farben Orange und Pink. Man kann von einem Land ins andere ziehen, nur dass einige Länder mit Mauern begrenzt sind, ähnlich der Mauer, die wir gerade abgetragen haben. Reny behauptet, diese Mauern hätten die streunenden Ayrshire-Rinder fernhalten sollen.

Weiter oben sehe ich Amy mit ihrem dunklen Lockenschopf, der unter ihrem Strohhut hervorquillt, als sie sich zu Peter herüberbeugt, der die unteren Äste eines Baums beschneidet. Noch weiter hügelwärts arbeitet Yvonne, sie kümmert sich um die Gladiolen und Dahlien. Auf der anderen Seite der Hügelkuppe steht das Haus von Miss Martine – es ist aus dem gleichen Stein wie die Ayrshire-Mauern gebaut. Tausende, kleine Fenster, eine ausladende, seitig begrenzte Veranda, eine große graue Haustür von derselben Farbe wie das wuchtige schiefergedeckte Dach. Manche Fenster haben Schlagläden, andere nur Vorhänge. Die Vorhänge sind immer zugezogen. Auf dem hölzernen Verandageländer stehen Töpfe mit Nelken. Aus einem vorbeifahrenden Auto würde man nicht merken, dass hier etwas nicht stimmt.

Aber das Haus riecht alt wie die Erde, feucht wie nach einem Sturm. Alles ist still, nichts rührt sich, keine Katze, die im Schatten döst, kein Hund, der anschlägt. Miss Martine ist stumm wie die Steine unten im Bach, stumm wie das Nest des Rotkehlchens, das Danny vor ein paar Tagen gefunden hat, das bewohnt war und dann verlassen worden ist.

Ich traue mich nicht zu klopfen oder weiter auf das Haus zu starren. Ich gehe schnell nach hinten, bis zum Ende der Veranda. Dort lehnt, von einem dünnen Sonnenstrahl beschienen, die Spitzhacke, genau wie Old Olsen gesagt hat. Ich packe sie, der Stiel ist aus Holz, sie ist schwer. Beim Hochheben gehe ich leicht in die Knie, ich schwanke nach hinten und trete – unabsichtlich – in ein Beet mit japanischem Ysander. Pflanzenstängel brechen unter meinen Füßen, saftpralle Blätter knirschen, und ich fühle mich plötzlich beobachtet. Ich schaue nach oben, aber dort rührt sich nichts. Nur im äußersten rechten Fenster des zweiten Stocks tanzt eine weiße Gardine im Wind. Hinter der Gardine bewegt sich ein Schatten. Oder auch nicht. Ich weiß es nicht.

»Tut mir leid«, sage ich wegen des Ysander, aber viel zu leise, »das wollte ich nicht.« Ich packe die Spitzhacke, steige aus dem Beet und gehe. Vorsichtig setze ich einen Fuß vor den anderen. Falls sie mich beobachtet, möchte ich nicht nervös erscheinen. Ich biege um die Hausecke und fange an zu rennen. Oben auf der Hügelkuppe spurte ich los und überlege, ob Miss Martine mich überhaupt gesehen hat, ob sie mich in diesem Augenblick beobachtet, ob sie hinter einem anderen Fenster steht und mich mit ihren Blicken verfolgt. Ich versuche, mir ein Bild von ihr zu machen, sie zu fixieren – alt und gebeugt oder winzig und leicht, die Haare in einem Zopf um den Kopf gesteckt oder kurz und glatt. Wer ist sie, frage ich mich. Was hat die Zeit aus ihr gemacht? Aber jedes Mal, wenn ich Ida bitte, sie mir zu beschreiben, weicht sie aus. Jedes Mal, wenn ich Reny frage, brummt er unverständlich. In meinem Kopf existiert nur das Bild der jungen Miss Martine aus der alten Zeitung – feingliedrig, gesund, dunkles Haar, verführerisch, aber nicht, was meine Mom als zart bezeichnet hätte. Mom machte immer ganz genaue Unterscheidungen. Sie sagte: Du musst die dünne Linie finden und begreifen, was sie trennt. Bei Miss Martine verläuft die dünne Linie zwischen den Lebenden und den Toten oder Sterbenden, zwischen dem, was wächst, und dem, was hinter den Mauern des Herrenhauses aufgehört hat zu existieren. Ich bin froh über Dannys Kappe, die mein Gesicht beschattet. Ich bin froh, dass der Hügel so steil bergab führt.

»Du hast aber lange gebraucht«, sagt Ida, als ich über den

Bach ans andere Ufer springe, was, nebenbei gesagt, nicht gerade leicht ist mit einer Spitzhacke in der Hand. Offenbar sind sie nicht viel weitergekommen, das Loch sieht unverändert aus.

»Wir dachten schon, du seist abgehauen«, sagt Reny und fährt mit seinem Zeigefinger an einer Falte in seinem Gesicht entlang.

»He, das war ewig weit weg«, sage ich.

»Gib mir das Ding«, sagt Danny, und ich reiche ihm die Spitzhacke bereitwillig hinüber. Er umfasst den Stiel, als wollte er einen Baseballschläger prüfen. Er stemmt seine Füße in den Boden und haut die Spitzhacke mit einem eindrucksvollen Schwung in die Erde. Die Erde birst auseinander. Eine winzige Staubwolke wirbelt auf. »Nicht schlecht«, sagt er, und jetzt will auch Owen es ausprobieren. Wieder wirbelt Staub auf. »Das klappt«, sagt er zu niemandem Bestimmten. Und jetzt machen sich die zwei an die Arbeit, zwei Brüder mit einer Hacke. Auf Old Olsens Golfcart stehen Eimer. Ich hole sie, damit wir die erste Schicht Erde wegschleppen können.

»Weiter so«, sagt Old Olsen, zufrieden, dass wir unseren Arbeitsrhythmus gefunden haben.

»Bin mal gespannt, was für uns dabei rausspringt«, sagt Reny.

6

Dad hat ein neues Gemälde in Arbeit. Es ist heute in einem Kleintransporter angeliefert worden und kommt von einem Heimatmuseum, das das Gemälde von einem anonymen Spender erhalten hat. Dad sagt, es sei wie eine Mumie eingewickelt gewesen, nicht so groß wie ich, dafür doppelt so breit, wie ich hoch bin. Es ist so vergammelt, sagt er, dass man nur dunkle Schatten darauf erkennt – ein Hirngespinst, hinter dem sich eine Welt verbirgt, nennt er das.

»Was für eine Welt?«, frage ich und warte, dass er seinen Zitronenspargel aufisst. Er isst ihn mit den Fingern wie geschälte Möhren.

»Eine Großstadt«, sagt er und zieht die Augenbrauen hoch und wischt sich die Hände an der Schürze ab, bevor er sich ein Brötchen nimmt.

»Eine Großstadt?«

Er streut Kapern über das Kalbfleisch, als wären es olivenfarbene Salzkörner.

»Keine, die ich kenne.« Er schmiert sich den halben Inhalt der Butterdose auf sein aufgewärmtes Brötchen. Mit Mom hätte das Streit gegeben, nur dass er und Mom fast nie gestritten haben. »Wenigstens sterbe ich glücklich«, sagte er immer, wenn sie ihre Nase kräuselte. Aber das wird er nie mehr sagen, denn Glück, das wissen wir jetzt ganz genau, hat mit Sterben nichts zu tun.

»Und, wie geht es weiter? Wird das Gemälde dein nächstes Großprojekt?«

»Ein so großes Gemälde habe ich noch nie in Arbeit gehabt.« Er lächelt. »Ein echtes Rätsel. Es kam in Duschvorhänge verpackt im Museum an. Gepunktete Duschvorhänge, die mit Schimmel überzogen waren.«

»Verrückt«, sage ich.

»Apropos verrückt. Wie geht es unserer Miss Martine?«

»Wie immer.«

»Noch so ein Hirngespinst, findest du nicht?«

Ich nicke und zucke gleichzeitig mit den Achseln. »Ich war heute an ihrem Haus.«

»Hast du geklingelt?«

»Nie im Leben. Machst du Witze?«

»Ich habe schon mal geklingelt.«

»Wirklich?«

»Deine Mom hat mich damals mit einem Obstkorb zu ihr geschickt. Sie hatte gehört, dass sie Geburtstag hat.«

»Wann war das?«, frage ich und sage beinahe: Und warum hast du mir nie davon erzählt?

»Deine Mutter war damals mit dir schwanger. Sie hatte mit jemandem gesprochen, der jemanden kannte, der wusste, wann Miss Martine Geburtstag hat. Sie sagte, wenn niemand eine Party für die Erbin schmeiße, wolle sie ihr wenigstens ein bisschen Obst bringen.«

»Aber sie hat dich geschickt.«

»Ja, das stimmt. Weil sie schwanger war und ich es so wollte.«

»Und was geschah dann?«

»Nichts. Niemand öffnete die Tür.«

»Auch Old Olsen nicht?«

»Auch der nicht.«

»Seltsam.«

»Hirngespinste«, sagt Dad, »alles Hirngespinste.« Er schmiert Butter auf das kleine Brötchenstück und wischt die restliche Soße von seinem Teller auf. Er kaut und schluckt, dann bindet er die Schürze ab. »Ich könnte an einer Kochshow im Fernsehen teilnehmen«, sagt er.

»Genau.«

»Wirklich, dann würde ich berühmt werden.«

»Ich dachte, du bist schon berühmt.«

»Es gibt das eine berühmt und das andere. Ich glaube, ich verlege mich auf die zweite Variante.«

»Ich glaube, du musst erst noch ein Gemälde restaurieren.«

»Ich muss erst noch ein Gemälde enträtseln.« Er sieht mich an, und ich sehe die dunklen Schatten unter seinen Augen.

»Ich habe heute Küchendienst«, sage ich.

»Ich tausche den Küchendienst für einen Besuch bei Ellen oder Jessie ein. Du bekommst auch das Auto. Ohne Zeitlimit.«

»Toll, aber ich will nicht.«

»Wirklich nicht, Katie?«

»Wirklich nicht.«

»Du bist ein tolles Mädchen, Katie, aber du musst nicht perfekt sein. Ich komme hier gut allein zurecht.«

»Würdest du jetzt bitte gehen, Dad?«, sage ich und nehme seinen Teller. »Du verpasst sonst deine Show.« Er schaut mich mit traurigen Augen an und trinkt seine Limonade aus.

***

Das Verrückte am Zirpen der Grillen ist, dass sie ohne Unterbrechung zirpen und man trotzdem zwischen den Takten eine Art Pause hört. Ich sitze auf der Haustürtreppe und denke darüber nach, ich versuche, mir die Grillen im Gras vorzustellen, so wie Mom es mir einmal erklärt hat. Sie sagte, die Grillen würden in Trillern und Pulsschlägen denken, sie würden mit ihrem Hinterleib und ihren Flügeln zirpen, und der Grillengesang wäre den Männchen vorbehalten. Die Weibchen bekämen keinen Ton heraus. »Die Kerle sitzen den ganzen Tag herum und warten auf eine Zirpgelegenheit«, sagte sie. Ich erinnere mich, dass sie dabei meine Haare bürstete und wir in unseren Sommerpyjamas draußen auf der Treppe saßen. Ich war vielleicht sechs oder sieben Jahre alt. In besonders warmen Nächten zirpen die Grillen am schnellsten, sagte Mom. An diesem Abend ist es besonders warm, das Zirpen klingt hell und aufgeregt, es tönt überall und aus allen Richtungen.

Hinter mir im Haus höre ich den Fernseher, die aufbrausenden irren Lacher, die ihren eigenen Rhythmus haben. Auf der anderen Straßenseite höre ich Mrs Mack, die ihren Sohn Sammy anfleht, vom Vordach herunterzuklettern. Erst versucht sie es mit Vernunft und freundlichen Worten, dann verspricht sie ihm Süßigkeiten, und dann fällt sie in ihr hilfloses Geschrei, wie Dad es bezeichnet und das Sammy genau durchschaut. Sammy ist der König, und Mrs Mack muss jetzt warten, bis ihr Sohn ihrer Niederlage überdrüssig ist. Es wäre für uns alle besser, wenn Sammys Dad mehr zu Hause wäre.

Sammy ist aber nicht nur eine Nervensäge, er hat uns auch einen Gefallen getan. Davon weiß er aber nichts und versteht auch nicht die Ironie, die darin liegt. Wegen Sammy hat Mom nämlich gesagt, dass wir die Nase vollhätten und dass wir weg müssten, aber nicht nur für ein Wochenende ans Meer, sondern richtig. Das war im vergangenen Sommer. Ich lag mit einem Buch auf meinem Bett, als sie den Kopf in mein Zimmer steckte und sagte: »Schätzchen, ich habe eine Idee. Komm, wir holen deinen Vater.« Ihre Augen waren grün und strahlten, wie immer, wenn sie sich einer Sache ganz sicher war. Ihr goldbraunes Haar war zu einem Knoten aufgesteckt. Mom trug immer Röcke, auch an ganz gewöhnlichen Werktagen. An diesem Tag hatte sie Flip-Flops mit Strassbesatz an den Füßen.

Ich legte mein Buch beiseite und ging mit ihr über den langen Flur und dann die breite, geschwungene Treppe hinunter, über der die Fotos von Moms Vorfahren hängen und die Porträts ihrer Eltern wie brennende Kerzen leuchten. Wir gingen zur Seitentür hinaus und zum Atelier hinein, wo Dad bei laufendem Radio arbeitete und einen alten Schlager mitsummte. »Was verschafft mir die Ehre?«, fragte er und sah von seinen Flaschen, Pinseln und Leinwänden auf. Er knipste das Radio aus und setzte die Brille ab.

Mom sagte: »Katie und ich haben Neuigkeiten.«

»Eine Verschwörung«, sagte er.

Ich sah Mom an, denn ich hatte immer noch keine Ahnung, und sie ließ uns wie immer zappeln – aus allem machte sie ein Ereignis, allem verlieh sie ein Funkeln. »Barcelona«, verkündete sie schließlich, »ich habe bereits gebucht.« Sie schlang ihre langen mageren Arme um mich und zog mich fest an sich.

»Barcelona?«, wiederholte ich. Das Wort hallte in den Weiten der Werkhalle wider. »Barcelona?« Ich suchte in meinem Gedächtnis nach irgendetwas, das ich über die Stadt wissen könnte, aber in der zehnten Klasse beschäftigen wir uns nur mit der Geschichte der USA.

»Wann, meine Liebe?«, fragte Dad.

»Samstag«, erwiderte meine Mutter. »Und der Flug kann nicht umgebucht werden.«

»Aber Claire«, sagte Dad und sah mit einem plötzlichen Anflug von Panik auf seine Leinwand. »Claire, Liebes.«

»Das geht, Jimmy. Ich habe die Kazanjians angerufen. Sie sind mit einem Monat Aufschub einverstanden. Sie sind über den Sommer sowieso kaum zu Hause.«

»Einen *Monat*?«, sagte Dad. »Du hast für einen Monat gebucht?«

»Einen ganzen Monat ohne Sammy Mack«, sagte sie, »mitten in der Altstadt.«

»Wann hast du das getan?«, fragte Dad, der immer noch wie betäubt war. »Und wie?«

»Google ist meine neue beste Freundin«, erklärte Mom. Aus ihrem Haarknoten hatten sich lange Strähnen gelöst. Sie schüttelte ihre Haare aus und steckte sie neu zusammen. Sie ging zwischen den vielen Töpfen und Pinseln zu Dad und gab ihm einen dicken Kuss, erst auf die Stirn und dann auf den Mund. Ich dachte, wie mädchenhaft sie sich benahm, vor allem in letzter Zeit, wenigstens in meinen Augen, der Jüngsten von uns.

»Ich wollte schon immer mal nach Barcelona«, sagte Dad schließlich.

»Picasso«, sagte sie, »Gaudi, die Ramblas.« Eigentlich war sie damals schon sehr blass, und ihr Rock saß sehr weit. Eigentlich hätte ich mir Sorgen machen müssen, hätte es mir denken können. Aber ich sah nur das Leuchten in ihren Augen und wie Dad ihren Kuss erwiderte und wie sich ihre Haare wieder lösten und sie noch hübscher aussehen ließen.

Sammy Mack war ein Vorwand, mehr nicht. Sie wusste es schon, das ist mir heute klar geworden. Ich sitze auf der Treppe und überlege, ob ich jemals so tapfer sein werde wie sie, ob sie mir ihren Mut weitergegeben hat.

7

Heute habe ich nicht auf den Krawallvogel gewartet. Mir war einfach nicht danach. Ich bin aufgestanden, als es noch dunkel war, und bin nach unten gegangen, habe mich auf Zehenspitzen an Dad vorbeigeschlichen, ein kleines Proviant in meinen Rucksack gepackt und einen Müsliriegel in die Tasche gesteckt. »Tschüss«, habe ich auf einen Zettel geschrieben, »viel Spaß.« Dann habe ich mich aufs Rad geschwungen, und dort sitze ich jetzt in diesem Moment und zertrümmere mit meinem Silberpfeil Sauerstoffmoleküle und reiße die Lufthülle auseinander. Zwischen unserem Haus und Miss Martines Anwesen liegen nur große Grundstücke. Obwohl schon August ist, sind die meisten Rasenflächen noch grün, und die Blumen in den Rabatten stehen noch in voller Blüte. Ich höre nicht, ob die Zikaden schon da sind, weil mir der Fahrtwind in die Ohren bläst.

Die Straße fällt ab, macht eine Biegung, wird gerade, geht wieder bergauf. Und jetzt strampele ich ohne Molekülzertrümmerung eine Steigung hinauf. Ich stelle mich in die Pedale und beuge mich über die Lenkstange. Als ich an den steinernen Pfosten von Miss Martines Einfahrt ankomme, bin ich völlig aus der Puste. Ab hier ist das Gefälle für mich wieder günstig, ich rolle wie jeden Tag einfach durch die Einfahrt hindurch und schieße dann nach unten, das gewonnene Tempo nutzend, um bis zum Haus wieder bergauf zu fahren und gemächlich bis zum Schuppen auf der anderen Seite zu rollen, wo ich mein Fahrrad abstelle und abschließe. Hier bewahrt Old Olsen ein paar größere Maschinen auf – Mähmaschinen, Rasentrimmer, Kettensägen. Das Golfcart ist nicht da, also ist Old Olsen schon unterwegs. Auf dem Weg zum Bach halte ich mich im Schatten der Bäume. Hinter der großen Birke bleibe ich stehen und schaue lange zum Haus zurück. In einigen Fenstern lodert die Morgensonne. Die große, alte Tür ist geschlossen. Nichts löst sich aus den Schatten. Niemand.

Weder Yvonne noch Amy noch Peter sind da. Vielleicht auch Ida oder Reny nicht. Für Danny und Owen ist es eine Stunde zu früh. Die beiden werden von ihrer Mutter, einer ständig in ihr Handy quasselnden Börsenmaklerin, regelmäßig mit fünf Minuten Verspätung abgesetzt. Ich gehe an verblühten Rohrkolben vorbei. Nicht weit davon stehen Blaubeeren. Dann etwas, das Yvonne Tautropfengras nennt und das nach Lakritze riecht.

Am Ufer, dort, wo die Wegsteine liegen, überquere ich den Bach. Ich schaue nach Schildkröten und kleinen grünen Fröschen und nach den Schlangen, die sich zu Buchstaben kringeln. Ich bin leise, deshalb bemerkt mich Old Olsen nicht. Er vermutet nicht einmal, dass jemand da ist und ihn beobachtet, wie er die Erde anstarrt, unser Loch. Er hockt am Boden, beugt sich über den Rand, durchsiebt die Erdkrumen mit seinen Fingern. Ich sehe die alten Goldgräber aus meinem Geschichtsbuch vor mir, die im Erdreich ihr Glück gesucht haben. Ich habe keine Ahnung, wonach Old Olsen dort sucht. Wenn ich ihn frage, ist die Stille dahin. Die lästigen Insekten sind noch nicht aufgetaucht, aber ein Schwarm Schmetterlinge ist da – es sind Monarchfalter, die mit ihren bunten Flügeln auf- und niederschwirren. Ich glaube, Old Olsen ist nicht so alt wie sein Name. Seine Arme unter dem Hemd sehen stark aus. Sein Rücken ist breit wie der von Owen.

»He«, sage ich schließlich, weil ich mir wie eine Spionin vorkomme. Und tatsächlich, Old Olsen springt sofort auf.

»Du bist früh dran«, sagt er und dreht sich zu mir um.

»Ja, kann sein«, sage ich. Seine Augen sind wirklich sehr klein, bei diesem Licht mehr schwarz als blau. Er wirkt nicht besonders erfreut, mich zu sehen. »Bei mir kommt immer dieser Vogel«, versuche ich, mich zu rechtfertigen. »Der Vogel weckt mich immer auf.«

»Ein Sittich?«, fragt er.

»Ein Fink«, erwidere ich.

Er schaut mich an, als hätte ich den Verstand verloren. »Komm in einer Stunde wieder. Mit den anderen.«

Ich nehme meinen Rucksack ab und schleudere ihn gegen einen Baum. »Bin schon weg«, sage ich. Er sieht mir nach. Ich spüre seinen Blick auf meinem Rücken. Ich gehe wieder über die Steine ans andere Ufer. Ich gehe immer weiter, immer im Schatten. Ich drehe mich nicht um, ich entschuldige mich nicht und winke nicht. Ich schere mich um gar nichts mehr.

Was war das eben?, frage ich mich.

Was verbirgt Old Olsen?

Ich werfe wieder einen Blick auf das Haus und denke, dass etwas daran nicht stimmt. Es passt einfach nicht zusammen, etwas so Karges und Langweiliges in einem so farbenprächtigen Garten.

8

Ich nehme auf dem Nachhauseweg die längere Strecke und mache auf halbem Weg halt vor der Bücherei, die nicht so schön aussieht, wie man sich eine Bücherei vorstellt, die jedoch groß ist und daher, wie Dad sich ausdrückt, viel Kapazität hat. Miss McDermott schaut von ihrer eichenen Ausgabetheke auf, dann mustert sie mich länger als gewöhnlich. »Sorry«, sage ich, weil ich annehme, dass ihr mein schmutziges Erscheinungsbild auffällt, »ich habe meine Hände gewaschen, ich schwöre.«

Miss McDermott ist die coolste Bibliothekarin, die man sich vorstellen kann – lang und dünn, mit glatten gesträhnten Haaren und einer Nase, wie man sie sonst nur auf Zeitschriftentiteln sieht. Wenn sie ihre Brille aufsetzt, sieht es aus, als mache sie Werbung für ausgefallene Brillenmodelle. Wenn sie hinter ihrem Schalter hervorkommt, sieht man ihre todschicken Schuhe. Aber obwohl sie so elegant ist, hat sie nie geheiratet.

»Was hast du denn angestellt, Katie D'Amore?«, fragt sie mit ihrer halblauten Bibliothekarinnenstimme, und ich erzähle ihr von meinem Sommerjob bei Miss Martine und dass ich im Ausgrabungsteam mitarbeite.

»Wegen einer Gartenlaube«, sage ich und komme mir mit meinen lehmigen Stiefeln und der geliehenen Boston-U-Kappe ziemlich daneben vor.

»Eine Gartenlaube«, wiederholt sie und zieht ihre Nase kraus. »Und wie kann ich dir dabei helfen?« Miss McDermott hilft mir ununterbrochen. Selbst wenn die Schulbücherei die benötigten Titel vorrätig hat, gehe ich lieber in die Stadtbücherei, weil mir ihre Art, mir einen Rat zu geben, gefällt. Die meisten Schüler der Highschool machen das so.

»Recherche«, sagte ich, »ich möchte mehr über die Geschichte unseres Ortes herausfinden.«

»Über die Geschichte von Miss Martines Anwesen?«

Ich nicke.

»Also, ein Buch über das Anwesen gibt es nicht. Auch keine Lexikoneinträge.«

»Ich habe schon ein bisschen gelesen«, sage ich. »Auf Mikrofilm. Alte Zeitungsmeldungen.«

»Ah ja.« Und jetzt sehe ich Miss McDermott an, dass sie nachdenkt, dass sie einen Augenblick lang vergessen hat, wie verdreckt ich aussehe. Miss McDermott mit einer Aufgabe herauszufordern kommt einer guten Tat gleich. Es gibt nichts, worüber sie sich mehr freut. »Warte einen Augenblick«, sagt sie und geht in ihr Büro, das gleich hinter der Theke liegt. Es hat verglaste Wände, sodass ich ihr bei der Arbeit zusehen kann. Sie hievt dicke Bände von den in Dreierreihen bestückten Regalen und schaut im Computer nach. Sie stützt die Hände auf die Hüften und bleibt in dieser Haltung einige Minuten lang stehen, dann schreibt sie etwas auf. Nun macht sie die Tür auf und kommt wieder an die Theke. Ihre Augen hinter den Brillengläsern funkeln. Braune leuchtende Augen.

»Vielleicht haben wir Glück«, sagt sie, »aber ich bin mir nicht sicher.« Sie bedeutet mir, ihr zu folgen. Sie verlässt ihren Posten und geht zu der Treppe, die ins Untergeschoss führt. »Julia, kannst du einen Moment übernehmen?«, sagt sie zu dem Mädchen, das die zurückgegebenen Bücher in ein Regal einordnet. Julia nickt, und Miss McDermott geht weiter – auf ihren hohen Absätzen geht sie mit raschen Schritten die mit Teppich bespannten Stufen hinunter. Ich spüre in mir ein aufgeregtes Kribbeln.

Hirngespinste, hat Dad gesagt. Vielleicht. Vielleicht aber auch etwas anderes.

»Die Sache ist nämlich die«, sagt Miss McDermott auf halbem Weg nach unten, »vor einigen Monaten haben wir eine anonyme Spende erhalten. Eines Morgens, als ich zur Arbeit kam, standen unter dem Vordach mehrere große Kisten, auf denen ›Heimatgeschichte‹ stand. Julia und ich haben sie grob gesichtet. Offenbar alles aus dem zwanzigsten Jahrhundert. Vorwiegend Tagebücher und Zeitungsausschnitte, kleine Pokalbänder und Preise und ein paar Erinnerungsstücke. Die Sammlung eines Hobbyhistorikers, würde ich sagen. Ich habe gerade in unserem Computer nachgesehen. Anscheinend gibt es auch Hinweise auf Miss Martine.«

»Das gibt's doch nicht«, sage ich, und jetzt wird aus dem Kribbeln ein Pieksen.

»Doch, genauso scheint es zu sein«, sagt Miss McDermott und lacht. »Aber das Problem ist: Wir sind in diesem Sommer unterbesetzt. Deshalb haben wir die Sachen nur flüchtig durchgesehen, und ich kann noch nichts Bestimmtes sagen. Für mich sah das aus, als hätte jemand den Inhalt seines Dachbodens in Kisten gepackt und alles bei Nacht und Nebel hier abgestellt und sich aus dem Staub gemacht, bevor wir Fragen stellen konnten.«

»Mir macht das nichts aus«, sage ich.

»Es sind sieben Kisten, Katie.«

»Ich muss meine Nachforschungen nicht gleich heute schaffen.«

»Also, ich mache dir einen Vorschlag: Ich stelle dir ein Büro zur Verfügung – ich habe in diesem Sommer jede Menge leerer Zimmer. Du kommst, wann immer du kannst. Den Schlüssel bekommst du an der Ausgabetheke. So kannst du deine Recherche eigenständig betreiben. Meine einzige Bedingung: Du hinterlässt die Kisten ordentlicher, als du sie vorgefunden hast. Wenn du die Kisten durchforstest, kannst du sie zum Beispiel nach Datum oder Themen sortieren, je nachdem, was dir sinnvoller erscheint. Wenn du fertig bist, schließt du ab und gibst den Schlüssel bei uns ab. Sag uns Bescheid, wenn du auf etwas Wichtiges stößt.«

»Vielen Dank«, sage ich. Miss McDermott mustert mich kurz und kämmt mit ihren Fingern durch ihre Haare, dabei balanciert sie auf ihren fantastisch hohen Schuhen. Dann geht sie weiter, bleibt vor einer Tür stehen und schließt mit einem Schlüssel auf, der an einem Band um ihren Hals hängt. Als sie das Licht anknipst, stehe ich schon neben ihr. Ich blicke in ein Zimmer voller Kartons und Kisten und Bücher, die noch nicht inventarisiert und gebunden worden sind.

»Darf ich vorstellen, die Schmutzwäschekammer der Bücherei«, sagt sie.

Sie tritt an einen länglichen Klapptisch, auf dem sieben Kisten stehen. Auf jeder Kiste steht ›Heimatgeschichte‹, genau wie sie gesagt hat. »Hier sind sie. Ich lasse sie morgen in eins der leeren Büros bringen. Bring bitte dein eigenes Schreibpapier mit. Schreibe nur mit Bleistift. Und pass gut auf, denn du weißt nie, welche Schätze darin lagern.«

»Das ist wirklich fantastisch«, sage ich. »Ich meine, das kommt total unerwartet. Ich hätte nie gedacht, dass es so viel Material gibt.«

»Aber eins darfst du nicht vergessen, Katie, Geschichte ist nie die absolute Wahrheit. Geschichte, das ist wie ein verschnürtes Paket, das voller Vermutungen steckt. Es kommt immer darauf an, was man daraus macht.«

»In Ordnung.«

»Miss Martine ist eine Legende in dieser Gegend. Man hat viel über sie gemunkelt. Aber bevor sie eine Legende wurde, war sie einfach ein junges Mädchen und dann eine junge Frau.«

»Na klar.«

»Was ich damit sagen will: Ziehe keine voreiligen Schlüsse. Egal, wonach du suchst, lass dir Zeit.«

»Vielen Dank, Miss McDermott.«

»Wir erwarten dich morgen«, sagt sie.

»Weißt du, Schätzchen«, sagt Dad, als ich endlich nach Hause komme – mindestens eine Stunde zu spät, wenn nicht noch mehr –, »einen Privatkoch soll man nicht warten lassen. Weißt du zum Beispiel, dass Roastbeef noch weitergart, auch wenn es nicht mehr im Ofen ist?« Dads Brilleninventar hängt an langen Bändern um seinen Hals, das dickste Gestell sitzt auf seinem Kopf. Er müsste dringend zum Friseur. Er hat das Fleisch schon aufgeschnitten und auf Tellern angerichtet. Und er hat seine Schürze abgebunden.

»Das wusste ich nicht.«

»Das Fleisch hat seinen rosa Kern verloren.«

»Tut mir leid, Dad.«

»Du hast doch ein Handy, warum rufst du nicht an?«

»Das kommt bestimmt nicht wieder vor.«

»Das will ich hoffen.«

Mich völlig verschwitzt und verdreckt zum Essen hinzusetzen, entspricht nicht meiner Vorstellung von Höflichkeit. Aber wenn ich erst hinaufgehe und mich dusche und umziehe, muss Dad noch länger warten. Vorsichtig ziehe ich meinen Stuhl vor.

»Hast du mit Miss Martine Tee getrunken?«, fragt Dad.

»Sehr witzig. Ha. Ha.«

»Oder dich mit einem der Santopolo-Jungs verabredet?«

»Bestimmt. In diesem Aufzug. Das ist richtig scharf.«

»Also, wo warst du?«

»In der Bücherei. Bei Miss McDermott.«

»Wegen ein paar Büchern hast du mich warten lassen?«

»Das war doch nicht absichtlich.«

»Was hast du dir nur dabei gedacht?«

Ich schneide ein Stück vom Roastbeef ab und versenke es in dem Berg aus Kartoffelpüree, den Dad aus frischen Kartoffeln zubereitet hat, wie mir ein Blick auf die Arbeitsplatte hinter ihm verrät. »Heute ist etwas Komisches passiert, drüben bei Miss Martine. Es hat etwas mit Old Olsen zu tun.«

Dads Miene verwandelt sich sofort von Verärgerung in Besorgnis. »Was ist passiert?«

»Also, ich weiß nicht genau. Heute Morgen bin ich früh aufgewacht. Ich dachte, ich geh einfach ein bisschen früher zur Arbeit. Aber als ich in den Garten kam, dort, wo wir graben, war Old Olsen schon da, allein. Er hockte am Rand unserer Baugrube und siebte die Erde mit den Fingern durch. Aber das war es nicht, was mich so gewundert hat. Sondern das, was dann passierte.«

»Und?«

»Er drehte sich um und sah mich, freute sich aber nicht. Er sagte mir, ich solle in einer Stunde wiederkommen. Er befahl es mir regelrecht.«

»Wollte er keine Hilfe?«

»Nein, er wollte, dass ich verschwinde. Das hat vielleicht nichts zu bedeuten, aber trotzdem hatte ich ein merkwürdiges Gefühl.«

»Was für ein Gefühl?«

»Als ob er etwas verbergen will.«

»Ach so. Und was hat Miss McDermott damit zu tun?«

»Recherche.«

»Interessant«

»Ich will nur ein bisschen nachforschen.«

»Und, was meinst du, wird dir die Vergangenheit über all das sagen?«

»Etwas über Miss Martine und ihr Geheimnis.«

»Wieso bist du dir so sicher, dass sie ein Geheimnis hat?«

»Also, das liegt doch auf der Hand. Schöne, reiche Frau verschwindet und lässt sich jahrzehntelang nicht mehr blicken.«

»Du glaubst, in einer Bücherei wirst du die Wahrheit finden?«

»Ich kann es zumindest versuchen.«

»Und du glaubst, das sei deine Aufgabe?«

Ich nicke.

»Warum?«

»Jeder Mensch hat eine Geschichte, aus der man lernen kann«, zitiere ich Mr Weisler aus unserer Schule. Mr Weisler ist unser Lehrer für amerikanische Literatur und ein totaler Langweiler. Trotzdem erinnert man sich an das, was er sagt.

»Es ist Sommer«, sagt Dad. »Du solltest wirklich mal eine Pause einlegen.«

Ich vergrabe die Gabel in meinem Kartoffelpüree und nehme einen Bissen von den kunstvoll mit Mandelsplittern dekorierten Bohnen. Ich seufze und schweige ein Weilchen. »Dad«, sage ich schließlich, »das Essen ist köstlich.«

»Stell dir vor, es wäre warm.«

9

Wenn mein Vater gekocht hat und ich die Küche putzen muss, geht das nicht ohne Radau ab. Vor allem, wenn es Stampfkartoffeln gegeben hat. Ich brauche länger als sonst, und ich kann mich, so schmutzig, wie ich bin, kaum ertragen, meine schweren Stiefel, mein müffelndes T-Shirt, die schwitzige, juckende Kopfhaut unter Dannys Kappe, die ich immer noch aufhabe. Ich sehne mich nach einer Dusche, danach, den Tag von mir abzuspülen. Jetzt habe ich den letzten Topf geschrubbt und stelle ihn umgedreht auf das Trockengestell. Ich drehe das Wasser ab und merke, wie still es ist. Kein Gebrabbel aus dem Fernseher, nichts, worüber mein Dad lachen würde.

»Dad?«, rufe ich und gehe durch die Küche und durch den Flur ins Wohnzimmer, wo er gewöhnlich schläft. Aber es ist dunkel, und auf dem Sofa liegt niemand mit einem Kissen auf dem Bauch.

»Dad?«, rufe ich, diesmal lauter, und merke, dass das ganze untere Stockwerk dunkel ist. Er ist gar nicht im Haus, also bleibt nur eine Möglichkeit. Ich öffne die Seitentür, und richtig: Helles Licht fällt über die Einfahrt, der alte Stall ist von innen erleuchtet wie ein Zug bei Nacht. Ich sehe ihn und dann wieder nicht, denn er geht hin und her, hat eine Art Schutzbrille auf der Nase und einen dünnen Gegenstand in der Hand. Dann und wann bleibt er vor dem Gemälde stehen, das in der Mitte des Raums aufgestellt ist und aussieht, als ob es schwebe. Behutsam fährt er mit dem Pinsel über einen kleinen, rechteckigen Ausschnitt der Leinwand, dann tritt er zurück, dann beugt er sich vor, dann tauscht er seine große Brille gegen die Brille aus, die auf seinem Kopf sitzt. Mom liebte es, Dad heimlich beim Nachdenken zu beobachten. »Stell dir mal vor, wie es in seinem Hirn rattert«, sagte sie dann. Das kann ich aber nicht, habe es nicht einmal versucht. Er wollte mir seine Arbeit einmal erklären, aber sie ist für mich ein Buch mit sieben Siegeln.

Es ist schön hier draußen. Der Mond sieht kleiner aus, und am Himmel treiben kleine, zerfledderte Wolken und tupfen Löcher in die Sternbilder. Die Luft sirrt vom Gesang der Grillen und Zikaden, und Sammy Mack, unser lebhaftes Äffchen, ist sonderbarer-, wunderbarerweise still. Dreckig, wie ich bin, stehe ich in der Einfahrt und beobachte Dad. Schließlich gehe ich zu ihm hinüber. »Hallo«, sage ich und mache die Tür auf, »darf ich den Meister bei der Arbeit stören?«

»Es ist ganz merkwürdig, Katie«, sagt er, ohne von der Leinwand aufzublicken.

»Was ist merkwürdig?«

»Nun … ich habe so etwas noch nie gesehen.«

»Was, so etwas?«

»Das, was wahrscheinlich zum Vorschein kommt, wenn ich den ganzen Schmutz entfernt habe.«

»Du hast gesagt, es sei eine Großstadt.«

»Ja, aber nicht von dieser Welt.«

»Wie meinst du das?«

»Ich glaube, hier hat jemand seine Vorstellung vom Himmel aufgemalt. Ich glaube, wir bekommen hier einen Einblick in die Ewigkeit.«

»Aha«, sage ich.

Wir stehen schweigend vor dem Gemälde, und ich weiß wirklich nicht, wie er auf eine solche Annahme kommt. Ich sehe nur eine wolkige, dunkle Fläche. Das Bild sieht für mich völlig ruiniert aus.

»Ich habe heute den ganzen Tag Fotos davon gemacht«, sagt er.

Ich nicke.

»Morgen werde ich den Keilrahmen entfernen. Ich muss es erst unterfüttern, bevor ich mit der Reinigung beginnen kann. Die Originalleinwand ist wie Sandpapier.«

»Klingt kompliziert«, sage ich.

»Das gehört eben dazu«, antwortet er. »Ich lege es auf Mylarfolie und ziehe es vorsichtig ab – das braucht seine Zeit.«

»Falls du Hilfe brauchst ...«

»Schon gut. Du hast deine eigene Arbeit.«

»Ich könnte dir nachts helfen«, schlage ich vor.

»Danke, mein Schätzchen«, sagt er, »aber du arbeitest schon viel zu viel und hast dir nun auch noch diese Recherche aufgehalst.«

»Morgen komme ich nicht so spät nach Hause, Dad. Versprochen.«

»Wie wäre es mit einem Kompromiss?«, sagt er. »Ich verschiebe das Essen auf sieben, wenn ich damit rechnen kann, dass du pünktlich kommst.«

»Einverstanden«, sage ich.

»Also gut, und jetzt geh bitte unter die Dusche. Dein

T-Shirt fängt schon an zu stinken, und diese Kappe steht dir überhaupt nicht.«

»Du bist auch keine Schönheit«, sage ich und höre im Gehen sein Lachen.

***

Im Haus ist es unglaublich dunkel. Ich taste nach dem Lichtschalter für das Treppenhaus und gehe die Fotogalerie ab – meine Großmutter, deren Mutter, ihre Border Collies, das mitternachtschwarze Pferd mit dem weißen Tupfer in der Mitte der Stirn. Dann ein Bild meiner Mutter in einem mädchenhaften Osterkleidchen. Das ist mein Lieblingsbild, weil Mom darauf so wild und unabhängig aussieht, gar nicht wie eine typische Tochter aus reichem Haus. Sie trägt Stoffhandschuhe, aber sie hält ihre Schuhe in den Händen, und ihre Füße sind nackt. Sie lacht über etwas, das außerhalb des Bildes liegt, und ihr offenes gelocktes Haar ist vom Wind zerzaust. Als ich klein war, habe ich dieses Foto oft im Haus mit mir herumgetragen. »Erzähl mir eine Geschichte«, sagte ich dann zu Mom, und Dad sagte dann: »Oh je, wenn sie erst einmal anfängt«, obwohl er es eigentlich nicht so meinte, weil er ihre Geschichten liebte. Er ließ sofort alles stehen und liegen, nur um dabei zu sein, wenn sie erzählte.

Ich drücke den nächsten Schalter am oberen Treppenabsatz, der den Flur im ersten Stock erleuchtet. Hier sieht es aus wie in einem alten Gasthaus, wo vor den Zimmern die Servierwagen stehen. Der Parkettboden ist noch von meiner Rollschuhzeit zerkratzt. Die Tapete stammt mindestens aus dem Mittelalter. Als Mom noch lebte und ich noch kleiner war, spielten wir stundenlang Verstecken. Sie gewann immer, weil sie Ecken kannte, die ich noch nicht entdeckt hatte.

In Barcelona konnte sie nicht schlafen. Tagsüber gingen wir oft den langen Weg von der Altstadt bis zu dem neuen Stadtteil mit der Sagrada Familia, einer Kirche, die wie eine angemalte Sandburg aussieht und die nie fertig wird, obwohl schon seit Jahrzehnten an ihr gebaut wird. Warum, weiß ich auch nicht. Sogar unser Stadtführer wusste es nicht. Wir stellten uns oft in der Schlange an, gingen durch die Kirche, über die Baustelle, auf die Türme hinauf, auf und ab und hin und her. Dann gingen wir den ganzen Weg zurück in unser Hotel, um uns auszuruhen, und machten unterwegs an Theatern und Läden halt. Sie wollte bei Einbruch der Dunkelheit am Meer sein – bei den Booten, die auf dem Mittelmeer schaukeln, und um Mitternacht wollte sie Tapas essen, wollte tanzen, wollte – und das verstehe ich erst jetzt –, wollte leben. Morgens war sie vor Dad und mir auf den Beinen und ging hinaus zum Spazierengehen, wie sie sagte, oder sie kaufte Orangen auf der Rambla oder fahndete nach einer besonderen Leckerei für unser Frühstück.

Eines Nachmittags, ich saß gerade in meinem Zimmer und las meine Sommerlektüre für den Schwerpunktkurs Englisch, kam Mom herein und sagte: »Das musst du sehen.« Sie nahm mich an die Hand und ging mit mir zum Fahrstuhl und auf die Straße und dann auf den Platz, wo sich einige Musiker vor einem Regierungsgebäude versammelt hatten, die trommelten, spielten und etwas riefen. Sie hatten angebrannte Kochtöpfe dabei, große Holzlöffel, Teekessel und auch richtige Instrumente wie Posaune, Mundharmonika, Akkordeon und Flöte. Sie machten nur Krach und sangen nicht richtig.

Manche Leute schimpften über sie, und ich fragte meine Mutter, was eigentlich los sei. Sie sagte: »Ich weiß nicht, und das ist auch nicht wichtig.« Ihre Augen strahlten, und ich dachte: *Das also ist Barcelona. Das also ist meine Mutter in ihrem geliebten Europa.*

Die Sonne brannte, aber Mom blieb blass.

Die Tage waren lang, aber ihr nicht lang genug.

Ich erinnere mich daran, dass wir in Barcelona Pantomimen zusahen. Sie hatten weiß geschminkte Gesichter, und ihre Münder waren übergroß. Sie standen in der Sonne und sahen starr auf die Menschen und brachen kein einziges Mal ihr Schweigen. »Stell dir vor, stundenlang keinen Ton zu sagen«, sagte Mom. Der Gedanke daran ließ sie erschaudern, aber ich verstand nicht, warum.

»Mom?«, rufe ich, weil ich die Stille im Haus hasse. »Mom?« Die Tür zu ihrem Zimmer ist verschlossen, und ich lehne mich schwer dagegen. Dann gehe ich ein paar Türen weiter und verziehe mich unter die Dusche.

10

Am nächsten Tag gehe ich wieder früher als verabredet zu Miss Martine, aber diesmal mache ich mich nicht bemerkbar. Ich bleibe in Deckung und beobachte unsere Baugrube von der anderen Seite des Bachs aus. Ich warte darauf, dass Old Olsen in seinem Wägelchen über die Brücke tuckert. Schließlich taucht er auf, aber erst, als auch die ersten Insekten zu sirren beginnen. Er stellt den Wagen unter einem ausladenden Baum ab, steigt aus und geht (genau wie ich gedacht habe) schnurstracks zu dem Loch, das wir gestern mit Spitzhacke und Spaten auf eine Tiefe von sechzig Zentimetern ausgehoben haben. Reny sagt, wir könnten genauso gut auf hartem Beton rumhacken. Und Owen, rot und völlig verschwitzt, schmiss gestern seine Axt hin und ging mit seinen Fäusten auf die Grube los. »Du siehst lächerlich aus«, sagte Danny zu ihm, aber erst Ida brachte ihn wieder zur Vernunft: »Ist dir klar, dass dir ein Mädchen zusieht, junger Mann? Und ich glaube nicht, dass du einen guten Eindruck auf sie machst.« Owen sah auf, und Danny reichte ihm seine Hand. Aber Owen kletterte allein aus der Grube. Er wischte sich den Dreck von den Knien und nahm seine Axt. Der Tag ging zu Ende, ohne dass viel geredet wurde. Wir sagten nur ein ums andere Mal, dass es viel zu heiß sei. Old Olsen blieb die ganze Zeit auf seinem Posten unter dem Baum – er sah uns zu, packte aber nicht mit an. Als Boss kann er sich das wahrscheinlich erlauben.

Jetzt geht Old Olsen in die Hocke und stützt sich mit einer Hand ab. Mit der freien Hand fängt er an zu graben und harkt mit den Fingern durch den krümeligen Lehm, genau wie gestern, bevor ich ihn aufschreckte. Offenbar hat er noch nicht gefunden, wonach er sucht. Jetzt harkt er auch mit der anderen Hand die Erde durch, aber wieder ohne Erfolg. Er steht auf, nimmt seinen Hut ab und kratzt sich gründlich den Kopf mit den schlohweißen Haaren. Ich wundere mich plötzlich, warum er bei seiner stattlichen Größe und seinem weißen Haar überhaupt auf dem Anwesen arbeitet und sich unter einem Hut versteckt. Mom hätte gesagt, er habe etwas Niveauvolles an sich. Etwas Besonderes, wenn er sich nicht hinter seiner Hutkrempe verkriecht.

Ich höre Geräusche, löse meinen Blick von Old Olsen und drehe mich um. Ida und Reny tauchen oben am Hügel auf. Sie bewegt sich wie eine Wand auf zwei Beinen, schiebt ihre rechte Körperhälfte nach vorn, dann ihre linke. Reny dagegen bewegt sich eher wie ein Flamingo. Die breiteste Stelle seiner Beine sind die Knie, die auf- und niederhüpfen, als würde sie jemand mit Marionettenschnüren bewegen. Ida muss vier Schritte machen, wo Reny zwei macht. Sie haben mich gesehen. Ich kann mich nicht mehr davonstehlen.

»Hallo«, rufe ich und winke ihnen zu, worauf Old Olsen sich umdreht. »Guten Morgen, Old Olsen.« Ich winke ihm ebenfalls zu.

»Wieder so früh?«, ruft er über den Bach hinweg.

»Bin gerade gekommen.«

»Also gut.« Er mustert mich mit seinen kleinen Augen. »Dann fangen wir eben früher an.« Er setzt seinen Hut wieder auf, und ich hüpfe von Stein zu Stein über den Bach, werfe meinen Rucksack unter den Baum, gehe zum Wagen, nehme mir einen Spaten mit Metallgriff. Ich stoße ihn mit solcher Macht in die Grube, dass die Erde aufwirbelt. Ich stoße wieder zu, dann schaufle ich die losen Erdkrumen mit dem Spatenblatt auf.

»Die Kleine hat den Dreh raus«, sagt Reny. Ida wirft ihm einen Blick zu, der deutlich signalisiert: Halt die Klappe.

Kurz darauf kommen Danny und Owen und nehmen ihre Plätze ein – Danny ist als Erster bei uns und entschuldigt ihr spätes Erscheinen. »Wenn ich ein Auto hätte, würden wir nicht mehr zu spät kommen«, mault er. Owen sieht ihn an, als wollte er sagen: »Was geht mich das an«, und Old Olsen lehnt sich an einen Baum und verschränkt seine Arme. Die Schmetterlinge schweben und flattern, die Insekten sirren. Reny pfeift die Melodie von ›She'll Be Comin' Round the Mountain‹, und Ida summt mit, als würden wir anderen nicht existieren. Bei so einer Arbeit wird nicht viel geredet. Ich zeige Danny nicht, dass ich ihn ansehe, und lasse Old Olsen nicht merken, dass ich Verdacht geschöpft habe. Und ich frage Ida und Reny nicht nach Miss Martine, die oben auf dem Hügel wohnt.

In der Pause setze ich mich zu Danny und Owen ans andere Ufer. Sie haben ihre Sachen unter einem Baum ausgebreitet. Ich hole meine Serviette aus dem Rucksack, außerdem einen Joghurt, einen reifen Pfirsich und einen Beutel mit zerkrümelten Kräckern. Ich puste etwas Luft in die verschwitzten, langen Haarsträhnen, die unter meiner Kappe herausgucken. Die beiden Santopolos haben Monstersandwiches dabei, dick belegt und ellenlang. Niemand sagt etwas, bis wir mit dem Essen fast fertig sind, dann steckt Danny seine Faust in die Tasche seiner Kakihose.

»Mensch«, sagt Owen, als Danny seine Hand öffnet. Owen hat mindestens noch zehn Zentimeter seines Riesensandwiches übrig, und auf seinen Lippen schimmert goldener Senf. Er lässt sein Sandwich sinken und wischt sich den Mund mit dem Handrücken ab, was einen Dreckstreifen unter seiner Nase hinterlässt. Ich würde es ihm sagen, wäre ich nicht so neugierig auf das Ding, das Danny in der Hand hält. »Was ist das?«, frage ich, weil es halb so lang ist wie eine Hand und halb so dünn wie ein Finger, außerdem blass und knotig und löcherig wie ein Käse, aber hart. An einem Ende sieht es wie abgebrochen aus.

»Weiß nicht genau«, sagt Danny. Owen nimmt es Danny einfach aus der Hand und hält es gegen das Licht. »Wenn du mich fragst, ich denke, es ist ein Knochen.«

»Woher hast du das?«, fragt Owen.

»Was hast du denn gedacht? Aus dem Loch natürlich.«

»Gibt es davon noch mehr?«

»Woher soll ich das wissen?«

»Na ja, du hast den doch auch einfach so genommen. Wer weiß, was du sonst noch entdeckt und geklaut hast.«

»Spinnst du? Ich bin doch kein Dieb«, sagt Danny.

Ich nehme den Knochen und schaue über den Bach, wo Ida und Reny sitzen – Ida mit ausgestreckten Beinen, Reny mit angewinkelten Knien, das Kinn in die Hände gestützt. Old Olsen sitzt in ihrer Nähe und spricht in sein Funkgerät. Die drei beobachten uns bestimmt nicht, wir sind nur die Sommeraushilfen, während sie die Festangestellten sind. Ich drehe den Knochen zwischen meinen Fingern. Ich berühre die Bruchstelle. »Vielleicht eine Katze«, sage ich, »oder ein Waschbär. Was meint ihr?«

»Warum kein Pferd oder eine Kuh?«, fragt Owen.

»Owen«, sagt Danny, »dafür ist der Knochen doch viel zu klein.«

»Biologie war noch nie deine Stärke.«

»Egal«, sage ich, »jedenfalls ist er alt, wenn er schon seit Jahren in der Erde steckt.«

»Ich könnte ihn vielleicht für mein Abschlussprojekt gebrauchen«, sagt Owen.

»Mensch, hast du etwa noch gar nicht angefangen?«, fragt Danny.

»Ich habe doch noch fast einen Monat Zeit.«

»Du hast drei Jahre Zeit gehabt. Und außerdem möchte ich nicht, dass du meinen Knochen für dein Abschlussprojekt missbrauchst.«

»Alter Egoist.«

»Faulpelz.«

»Lass mich doch in Ruhe.«

»He, regt euch ab, verstanden?«, sage ich. »Vielleicht gibt es da noch mehr Knochen.«

»Asche zu Asche«, sagt Danny und nimmt den Knochen wieder an sich. Er vergräbt ihn tief in seiner Tasche, zieht sein T-Shirt über seinen Waschbrettbauch und wischt sich damit den Schweiß vom Gesicht. Owen nimmt den Rest seines Monstersandwiches und beißt ein großes Stück davon ab. Ich entdecke einen Marienkäfer an einem langen Grashalm und setze ihn auf meinen Finger. Er lässt sich Zeit und krabbelt erst zu meinem Fingerknöchel und dann im Zickzack zurück, als hätte er alle Zeit der Welt, sich für eine Richtung zu entscheiden, in diesem Garten mit den alten Baumstümpfen, Samenkrümeln, Knochen. Ich bin sicher, Dannys Fundstück stammt von einer Katze, vielleicht einer getigerten oder einer dreifarbigen, die jemandem gehörte, der ebenfalls, vielleicht an einem strahlenden Tag, als alles blühte und Marienkäfer schwärmten, verschwunden ist. Einfach weg. Sachen verschwinden einfach. Das ist eine Tatsache. Bevor man sich auf ihr Verschwinden eingestellt hat, sind sie weg. Und dann kann man nur noch die Vorstellung von ihnen in sich wachhalten. Ich lege meinen Finger an einen Grashalm. Das helle, rote Pünktchen klettert hinauf.

»He«, sagt Owen.

Ich schaue auf. »Was ist?«

»Denkst du, dass Miss Martine wirklich da oben in dem Haus ist?«

»Weiß nicht«, sage ich, »warum fragst du?«

Er zuckt mit den Achseln. »Ich weiß nicht. Der Knochen. Ich dachte ...«

»Das ist der Knochen einer Katze, Owen, glaub mir.«

»Wäre doch spannender, wenn es kein Katzenknochen wäre.«

»Träum weiter«, sage ich.

»Immerhin ist es ein Ausgrabungsstück. Man kann nie wissen.« Er grinst albern. Eins muss ich ihm lassen, es ist besser, bei der Arbeit für etwas Spannung zu sorgen, als die Schufterei nur als stupides Muskeltraining zu betrachten.

»Die Pause ist um«, sage ich mit einem Blick auf Ida und Reny, die sich gegenseitig auf die Füße geholfen haben und nun in ihren Stiefeln umherstampfen und sich die Beine massieren, um ihren Kreislauf wieder in Schwung zu bringen. Owen sieht sie auch und lacht.

»Andere Komplizen wären mir lieber«, sagt er.

»Und mir wäre ein ordentlicher Regen lieber«, sagt Danny.

II

Hinter der Einfahrt fällt die Straße so steil bergab, dass es einem wie beim Bungee-Jumping vorkommt. Ein Fetzchen Luft gerät unter meinen Rucksack und bringt mich für den Bruchteil einer Sekunde aus dem Gleichgewicht, aber schon ist es wieder hinausgewitscht, und ich fliege voran. Beide Hände umfassen die Lenkstange, die Haare, die aus der Kappe hervorgucken, peitschen mir ins Gesicht. Auf der einen Seite der Straße machen sich Schattenflecke breit, auf der anderen Seite glüht gelbe Hitze, als wären Wolken und Sonne direkt auf die Erde gesunken. Die kühle Seite ist Miss Martines Seite und geht bis zu dem Zaun, der ihr Anwesen von den Willows trennt, einem Park mit einem Gänseteich, wo sich im Winter Spaziergänger und Schlittschuhläufer tummeln.

Ziemlich genau an dieser Stelle biege ich links auf eine lange gerade Straße ab, die um diese Tageszeit ganz im Schatten liegt, außer dort, wo die neue Wohnsiedlung entsteht. Diese Straße ist meine absolute Lieblingsstraße, und sie war auch Moms Lieblingsstraße. Das weiß ich, weil sie oft hierherfuhr, das Auto abstellte und schwebende Sätze sprach wie: »Rot passt für eine Scheune wirklich am besten«, und »Was in den Silos wohl gelagert wird?« An manchen Straßenabschnitten wächst noch Mais, und am schönsten sind die alten Häuser, weil sie bodenständig und stabil sind und nichts hermachen wollen.

Ich verlangsame meine Fahrt und nehme die Umgebung in mich auf, bis ich zur nächsten Kreuzung komme, wo ich links abbiege. An dieser Straße stehen am Anfang Wohnhäuser, dann kommt ein Haus, das jetzt eine Bank ist, dann die alte Post, dann ein geschotterter Parkplatz, und direkt daneben ist die Bücherei. Der Eingang der Bücherei ist von breiten Säulen eingefasst, und man muss dreizehn Stufen hinauf. Die Glastüren sind mit Tausenden Zetteln von Buchclubs und Lesezirkeln gepflastert. Beim Eintreten empfängt mich der eisige Wind der Klimaanlage. Ich fange sofort an zu schlottern, aber dann habe ich mich an die Kälte gewöhnt, und meine Gänsehaut glättet sich wieder.

»Ach, wen haben wir denn da? Miss Katie D'Amore«, sagt Miss McDermott.

Ich bin so aus der Puste, dass ich kein Wort herausbringe. Ich stecke meine losen Haarsträhnen unter die Kappe und rücke meinen Rucksack zurecht.

»Dein Büro wartet auf dich«, sagt sie. Sie entriegelt die kleine Halbtür in der Theke und geht zur Treppe, ich hinter ihr her. Sie sieht mal wieder umwerfend aus in ihrem ärmellosen gelben Shirt, der weißen Leinenhose und den grellpinken Stilettos. Ich habe keine Ahnung, wie sie in solchen Dingern gehen kann, aber sie hat einen echten Laufschritt drauf. Garantiert hat sie sich neben ihrer Ausbildung als Bibliothekarin mit Mode beschäftigt und als Model gearbeitet.

Am Fuß der Treppe wenden wir uns nach links. Die kleinen Büros sehen wie die Verhörräume aus Fernsehkrimis aus. Miss McDermott schließt die erste Tür auf, knipst das Licht an, und da stehen sie: sieben Kisten mit Heimatgeschichte.

Ich habe einen neuen Schreibblock und ein Bündel HB-Bleistifte im Rucksack.

»Wenn du etwas brauchst, kannst du jederzeit fragen«, sagt sie. »Ich bin heute bis fünf Uhr hier.«

Mehr als »vielen Dank« bringe ich nicht heraus.

Als sie gegangen ist, setze ich mich an den langen Holztisch und ziehe mir die Kiste, die am nächsten steht, heran. Ich klappe den Deckel auf und stehe wieder auf, damit ich besser hineinsehen kann. Es sieht aus wie eine Schnipselsuppe – Fotos, Zeitungsausschnitte, Notizzettel, ein Kalender, ein eigenartig geformtes Album in Ledereinband. Ich greife zuerst nach dem Album, da es mir am vielversprechendsten erscheint. Ich lege es auf den Tisch und schlage es auf. Lauter Fotos – quadratische Schwarz-Weiß-Fotos mit gezacktem Rand, ein paar stecken noch an ihrem ursprünglichen Platz auf dem dicken schwarzen Karton, die meisten sind lose.

Jemand hat mit weißem Stift Wörter unter die Stellen geschrieben, wo die Fotos ursprünglich waren. *Winter 1948. Geißblattblüte. Waldi in der Kutsche. Krocket auf dem Rasen. Fauler Sonntag.* Die Fotos sind so klein, unscharf und verblasst, dass ich die Augen zusammenkneifen muss, um besser zu sehen, und selbst dann kann ich kaum etwas erkennen. Es ist schwierig, alles richtig zuzuordnen, weil die Straßen viel schmaler aussehen und die Autos so komisch sind und es viel mehr Bäume und weniger Zäune gibt. Ich suche auf den Fotos nach etwas Vertrautem und entdecke die beiden Steinpfosten von der Einfahrt zu Miss Martines Anwesen. Sie sehen genauso breit und mächtig aus wie heute, nur dass sie auf dem Foto von lauter Blumen umgeben sind. Am Bildrand sieht man die

Nase eines Collies, aber keine Miss Martine. Weder als Baby noch als kleines Mädchen.

Ich klappe das Album zu und tunke meine Hand in die Schnipselsuppe – ich fische irgendetwas heraus. Es ist eine halbe Zeitungsseite. Sie sieht aus, als hätte man einen Teebeutel über den alten Klatschspalten ausgequetscht, und ich habe Angst, dass das Papier auseinanderfällt, wenn ich es glatt streiche. Ich sehe ein Drittel einer Immobilienanzeige für neue Landhäuser. Ein Bruchstück eines Artikels über eine Fuchsjagd. Eine Schlagzeile über ein Pferd, das aus seinem Stall ausgebrochen ist. Das Spielergebnis eines Tennisdoppels. Dann ein Ausschnitt, der ein bisschen interessanter scheint. Ich schüttle ihn vorsichtig heraus. Das Datum ist der 15. November 1953. Nach vier Absätzen habe ich *sie* gefunden.

Der wahre Höhepunkt des Abends war das Debüt von Miss Martine Everlast, einzige Tochter von John Butler Everlast, dem Generaldirektor von Quality Chemicals, und seiner Frau, geborene Andrea Bell. Seit Lillian Penwick ist der Philadelphia Bürgerball nicht mehr von so viel transzendentem Glanz und Anmut geadelt worden. Ihr silbernes Jäckchen und ihre Chinchillastola erregten allgemeines Staunen und Bewunderung. Ein einzelner rosa Diamant unterstrich ihr tiefschwarzes Haar. Sie traf mit einem Bouquet goldgelber Lilien ein.

»Hab ich dich«, sage ich und lese den Absatz mehrmals durch, schließe meine Augen und stelle mir den Abend vor, an dem Miss Martine, kaum jünger als ich heute, die Honoratioren der Gesellschaft in Aufruhr versetzte. »Transzendenter Glanz«, *transzendent* – ein Wort, das ich schon einmal in der

Schule gehört habe, ein überweltlicher Glanz. Ich stelle mir einen Saal mit lauter reichen Bürgern vor. Sie bleiben stehen, verneigen sich bewundernd vor ihr, prosten ihr zu, aber wie wird man von einem gefeierten Star zu einem schwarzen Loch? Wieso endet man hinter Vorhängen, falls sie sich wirklich dahinter versteckt?

Ich stelle mir die Lilien vor und erinnere mich an eine Geschichte, die meine Mutter mir einmal erzählte. Sie handelte von einem französischen König vor eintausendfünfhundert Jahren, der von den Deutschgoten in eine Falle gelockt worden war. Er und seine Männer steckten fest, direkt am Ufer des Rheins, erzählte meine Mutter. In der Mitte des Flusses wuchsen Lilien. Der König wusste, dass überall dort, wo die Blumen wuchsen, der Fluss seicht war, und seichtes Wasser bedeutete Entkommen. »Die Blumen waren seine Wegweiser«, sagte meine Mutter. »Sie retteten ihm das Leben.« Ich stelle mir Miss Martine mit dem Diamanten im Haar und den leuchtenden Lilien im Arm vor. Blumen als Lebensretter, denke ich. Oder als Wegweiser für die Flucht? Was bedeutet das?

Für einen Tag ist es genug. Genug Stoff zum Nachdenken, und außerdem habe ich Dad versprochen, pünktlich zum Essen zu kommen, und ich möchte ihn nicht enttäuschen. Ich schiebe alles wieder in die Kiste, knipse das Licht aus und steige die Treppe hinauf, um Miss McDermott zu sagen, dass ich für heute Schluss mache.

»Etwas gefunden?«, fragt sie.

»Lilienblumen«, antworte ich.

»Lilienblumen?« Sie sieht mich erst verdutzt an, dann lächelt sie. »Hier heißen sie Schwertlilien oder einfach Iris.«

»Ja«, sage ich. »Meine Mutter hat mir einmal eine Geschichte über Schwertlilien erzählt. Es ist nicht viel, aber immerhin etwas. Ich rechne nicht damit, dass es einfach wird.«

»Katie D'Amore«, sagt Miss McDermott, »wenn es einfach wäre, würde es auch keinen Spaß machen.«

12

Danny hat bekommen, worauf er gehofft hat, nämlich Regen, nur dass dieser Regen lodernden Feuerwänden gleicht, ein richtiger Sturm. Es hört sich an, als tanzten tausend Sammy Macks auf dem Dach herum, und wenn ich es nicht besser wüsste, würde ich denken, wir säßen in einem untergehenden Schiff. Das obere Stockwerk ist wie ein riesiger Resonanzkörper. Irgendwo im Haus tropft Wasser. Selbst wenn ich mir die Bettdecke über die Ohren ziehe, kann ich die Blitze sehen. Als ich ins Bett gegangen bin, war es draußen noch ganz still. Jetzt ist das Weltende da, und das einzig Gute daran ist, dass morgen die Arbeit ausfällt.

Die Uhr zeigt zwei Uhr dreizehn, aber mir kommt es vor, als hätte ich vor zehn Stunden das letzte Mal auf die Uhr gesehen, als wäre die Zeit stehen geblieben und der Tag würde niemals kommen. Wenn ich die Augen schließe, sehe ich manchmal Old Olsens harte blaue Augen und Miss Martines Haus mit den vielen abweisenden Fensterscheiben. Ich denke daran, was Reny erzählt hat. Dass die Erbin in einer Nacht wie dieser verschwunden ist: am zehnten September 1954. Ein Sturm wie eine Bowlingkugel, das waren seine Worte. Der Sturm raste über das Land, riss Häuser nieder und jagte den Menschen Angst ein.

Zwei Uhr zweiundzwanzig. Wenn das noch länger dauert, gehen wir alle unter und werden in so harter Erde begraben, dass man nur mit der Spitzhacke durchkommt. Ich glaube, die undichte Stelle ist im zweiten Gästezimmer. Ich kann genauso gut aufstehen und den Eimer holen, der in meinem Bad unter dem Waschbecken steht. Ich knipse zuerst die Taschenlampe an, dann das Licht an der Wand. Ich taste mich durch den Flur und mache dort ebenfalls das Licht an. Den ganzen Weg zum Bad streife ich mit meiner Hand an der Wand entlang, als würde mir das mehr Sicherheit geben. Im Bad schalte ich sämtliche Lichter an, hole den Eimer und das größte Handtuch, das ich finden kann, und gehe rasch durch den Flur zurück und stoße die halb offene Tür zum Gästezimmer auf. Das Wasser kommt durch eine Fensterritze, tropft auf den Sims und von dort auf den Boden. Ich rücke den Eimer an die richtige Stelle und wische mit dem Handtuch die Pfütze auf. Wenn es hell ist, werde ich mir die Sache genauer ansehen. Für den Augenblick muss das reichen.

Erst nachdem ich alles Erdenkliche getan habe, bemerke ich das Licht in der Einfahrt. Ich hauche die Fensterscheibe an und verwische das Kondenswasser. Bei dem strömenden Regen kann man nicht viel sehen, aber ich bin sicher, dass es Dad ist. Er ist wieder in seinem Atelier und hat die Zeit vergessen. Er hat nicht einmal daran gedacht, dass er wieder eine Folge der Letterman-Show verpasst. Vielleicht hat er nicht einmal das Unwetter bemerkt, obwohl es ununterbrochen blitzt und donnert.

»Mom«, sage ich, denn wenn sie da gewesen wäre, wäre sie zu ihm gegangen und hätte ihn ins Haus gezerrt, ihm ein Handtuch über den Kopf geworfen und ihm einen frischen Schlafanzug in die Hand gedrückt. Mom hat wegen ihrer Liebe zu Dad Freunde verloren, das hat sie mir einmal erzählt. Ich fragte sie: »Warum? Weil er verrückt ist?« Und sie antwortete: »Nein, weil er ein Genie ist.« Sie sagte, sie hätte von Anfang an gewusst, dass er hoch talentiert ist, und das habe er ohne jede Absicht unter Beweis gestellt, nachdem ihre Eltern bei einem Flugzeugabsturz ums Leben gekommen waren. Sie erzählte, sie sei achtundzwanzig Jahre alt gewesen, als sie Dad die Fotos ihrer Eltern zeigte. Vier Monate danach habe er ihre Gesichter wieder zum Leben erweckt. Mom war neunundzwanzig, als Dad bei ihr einzog, und knapp dreißig, als ich zur Welt kam. Nächstes Jahr werde ich aufs College gehen. Ich habe keine Ahnung, was er dann tun wird.

Bei diesem Sturm kann man unmöglich schlafen. Ich verlasse meinen Fensterplatz, gehe über den Flur die breite geschwungene Treppe hinunter und über den Hof. Der Regen prasselt wie aus Wasserschläuchen herab, gräbt sich einen Fluss durch meine Haare, klatscht mein T-Shirt und meine Shorts an die Haut. Blöderweise habe ich nicht an Schuhe gedacht. Ich drücke mich mit meinem ganzen Gewicht gegen die Tür und schnippe ein paar Steinchen von meinen Füßen. Dad sieht auf, verwirrt.

»Was in aller Welt ...?«, fragt er, als ich triefend nass vor ihm stehe und sich Pfützen unter mir sammeln.

»Dad«, sage ich und reiße übertrieben entsetzt meine Augen auf, »weißt du, wie spät es ist?«

Er sieht auf seine Uhr. »Jetzt ja.«

»Du musst schlafen, Dad, das weißt du doch.«

»Das werde ich auch noch.«

»Wirklich. Ich meine es ernst. Du musst auf dich aufpassen. Wenn Mom da wäre, würdest du das auch.«

Er zuckt zusammen und sieht zur Seite, das ist alles. »Ich glaube, hier sitzt jemand im Glashaus und wirft mit Steinen.«

»Ich habe geschlafen«, sage ich. »Ich bin vom Sturm aufgewacht.«

»Gleiches Ergebnis, unterschiedliche Wege«, sagt er. »Du solltest dir nicht so viel Sorgen um mich machen.« Er holt ein altes sauberes Handtuch aus einem selbst gebauten Schrank und bringt es mir herüber. Er faltet es auseinander und schlingt es wie einen Schal um meinen Kopf. Dann gibt er mir einen Kuss auf die Wange.

»Oben ist ein Fenster undicht«, sage ich.

»Dein Zimmer?«

»Gästezimmer.«

»Ich kümmere mich morgen darum.«

Er geht zu dem Gemälde und stellt sich davor. »Soll ich dir etwas zeigen, Katie?«

»Was denn?« Ich gehe hinter ihm her.

»Ich habe den Keilrahmen entfernt und das Unterfutter abgezogen, und was entdecke ich da?« Er hält ein paar zerknüllte Blätter in der Hand. Ich habe keine Ahnung, was sie bedeuten. »Aufzeichnungen«, sagt er, als ich ratlos den Kopf schüttle. »Aufzeichnungen des Künstlers über sein Gemälde.«

»Toll«, sage ich, von dem Blitz abgelenkt, der gerade den Himmel auseinanderreißt.

»Ja, es ist fantastisch«, sagt er, »anscheinend war das kein gewöhnlicher Maler.«

»Wie meinst du das?«

»Vermutlich ein Hobby von John Butler Everlast himself.«

»Soll das ein Witz sein?«, frage ich, und mich fröstelt ein

wenig, und auf meinen Armen entsteht eine Gänsehaut, aber nicht wegen des Regens.

»Das sind seine Aufzeichnungen, und das ist sein Bild«, sagt Dad und zieht seine Augenbrauen so weit nach oben, dass sie unter seinen Haarfransen verschwinden.

»Also«, sage ich, »ich meine, Mensch, nimmst du mich auf den Arm? Oder meinst du es ernst?« Dad sieht mich an und lacht.

»Das Problem ist nur, dass die Aufzeichnungen fast alle verschlüsselt sind«, sagt Dad. »Chemische Zeichen, ein bisschen Kurzschrift. Der Kerl hat Selbstgespräche geführt.«

»Oder etwas verborgen«, sage ich.

»Oder versucht, etwas herauszufinden.«

»Oder beides.«

»Weißt du«, sagt Dad und seufzt, »Mom wäre begeistert gewesen.«

»Begeistert? Von was?«

»Von dem Rätsel. Sie hätte die Nacht durchgemacht, bis sie die Sache aufgeklärt hätte.« Ich schließe meine Augen, damit ich mir Mom herbeidenken kann. Als ich sie nach einer Weile wieder aufschlage, sehe ich Dad, der gedankenversunken durch seine dickste Brille blickt.

13

Der Regen hört nicht auf. Zwischen Dunkelheit und Dämmerung gibt es keine klare Linie. Dad hat wahrscheinlich auf dem Boden des Ateliers geschlafen oder überhaupt nicht, nachdem ich wieder ins Bett gegangen bin. Das Regentrommeln im anderen Zimmer hat sich auf das Niveau eines tropfenden Wasserhahns eingependelt. Ich liege im Bett und zähle die Tropfen, verzähle mich, denke mir Mom herbei, verliere sie wieder, halb träumend, halb den Vogel erwartend. Und dann nimmt meine Träumerei eine andere Richtung. Vor meinem inneren Auge sehe ich Miss Martine mit ihren Lilien im Jahr 1953. Hergerichtet für einen Ball.

Was ist mit dieser Miss Martine mit dem rosa Diamanten im Haar und den Lilien im Arm geschehen? Warum lässt Old Olsen uns dieses Loch graben? Ich muss heute unbedingt wieder in die Bücherei. Ich werde Dad fragen, ob ich das Auto haben kann, er wird Ja sagen. Aber zuerst muss ich mindestens zwei Aspirin schlucken, um meine Kopfschmerzen loszuwerden. Beim Aufstehen halte ich meinen Kopf mit beiden Händen fest. Ich mache kleine, extrem zaghafte Schritte. Ich höre das schwache Tropfen über den ganzen Flur, aber jetzt hat sich ein weiteres Geräusch dazugesellt – hinter der abgeschlossenen Tür herrscht eine merkwürdige Unruhe, ein flatterndes Schwirren, als würden sich Vögel von einem Baumwipfel in den Himmel erheben. Ein Hin- und Herbrausen, und dann plötzlich Stille. Ich bleibe lange stehen, vollkommen still, aber was immer es war, es ist vorbei.

Ich nehme den langen Weg zur Bücherei – fahre mit dem Auto Schleifen durch meine kleine Stadt, am Drugstore vorbei, der Bank, dem Theater, der Eisdiele, dem Bonbonladen und der Bäckerei. Dann biege ich nach rechts in das alte Viertel ein. Die Häuser dort stehen erhöht und wirken riesig groß. Sie sind von Bäumen und regennassen Gärten umgeben. Angeblich sind sie vor einhundert Jahren von einer Gruppe italienischer Steinmetze erbaut worden. Durch meine beschlagene Windschutzscheibe verschwinden sie, kommen wieder in Sicht, verschwinden und kommen wieder. Die Häuser mit ihrer Geschichte sind da und wieder fort. Hier wirkt alles so grün, so groß und gelassen. Ich habe das Autoradio nicht eingeschaltet und höre nur das Prasseln und Schnalzen der Regentropfen und das Schieben der Scheibenwischer. Ich denke an die Zeit, als meine Mom und ich hier spazieren gingen. Sie hatte mich an die Hand genommen und spielte, dass wir jedes Haus, jede Anhöhe, jeden Baum, den wir uns wünschten, haben könnten. »Stell dir das vor«, sagte sie zum Beispiel, wenn wir Schuhe einkaufen waren und sie etwas entdeckte, was ihr besonders gefiel – einen großen runden Raum, eine besonders lange Veranda, ein kupfergedecktes Türmchen –, dann blieb sie mitten auf dem Gehweg stehen und sah sich bewundernd um und sagte: »Schönheit überdauert, Katie. Vergiss das nie.«

Auf einer gewundenen Straße fahre ich Richtung Fox-Chase-Viertel, das jetzt in einzelne Bauabschnitte aufgeteilt und mit potthässlichen Wohnanlagen verunstaltet wird. Die

Grundstücke sind alle eingezäunt, und auf einigen Parzellen stehen halb fertige, in Kunststoffplanen eingehüllte Häuser, auf anderen befinden sich ausgebaggerte Baugruben, und wieder andere sind völlig verwildert und warten darauf, dass sich ein Investor ihrer erbarmt. Etwas weiter unten ist ein Bach mit einer Feuchtwiese, die noch von Bauern bewirtschaftet wird und auf der Kühe weiden. Danach kommen die Geringer Ställe, wo seit vier Generationen edle Hannoveraner gezüchtet werden und wo auf einem dahinterliegenden eingezäunten Gelände kleine Kinder ihre ersten Reitstunden bekommen. Olympiapferde hat Mom immer gesagt, aber meistens sieht man sie auf dem Devon Reitturnier, das jedes Jahr im Mai stattfindet. Wie die Besitzer des sumpfigen Weidelands haben auch die Geringers den Bauhaien bisher trotzen können. Das Gestüt steht da, wo es immer war, nur sieht es heute im Regen beinahe verlassen aus. Ein paar Kleinlaster stehen in der Einfahrt. Große Heuballen versinken im Schlamm. Irgendwo dahinter warten die Hannoveraner auf Sonne, und auch Miss Martine wartet auf ihrem Anwesen auf etwas. Woran denkt sie? Das will ich wissen. Worauf wartet sie im Regen?

Auf dem Parkplatz der Bücherei stehen nur vier Autos. Bis ich ausgestiegen und die Treppe hinaufgerannt bin, bin ich vom Regen bis auf die Haut durchnässt. Ich setze Dannys Kappe ab, schüttle meine Haare aus und kämme sie mit den Fingern zurecht. »Morgen«, sage ich zu Miss McDermott, die mit einer Maschine, die Geräusche von sich gibt, die wie Schüsse klingen, Rückgabekarten abstempelt.

»Urlaub?«, fragt sie.

»Wetterbedingt«, sage ich.

Sie öffnet eine Schublade und holt einen Schlüssel heraus. »Hier, für dich. Viel Glück«, sagt sie.

Ich lasse mir Zeit und gehe langsam die Treppe hinunter. In meinem Büro knipse ich das Licht an. Die Leuchten knistern wie elektrische Insektenkiller. Die Kisten stehen genauso da, wie ich sie zurückgelassen habe. Ich nehme mir Kiste Nummer zwei vor. Ich ziehe sie zu mir her und klappe den Deckel auf. Auch diese Kiste ist voll mit Schnipselsuppe, diesmal aber fast nur Zeitungsausschnitte, alle fein säuberlich gefaltet. Offenbar hat sich da jemand besonders viel Mühe gegeben.

Recherche erfordert eine Riesengeduld.

Stück für Stück falte ich die Papiere auseinander und blättre langsam die Seiten um. Hier liegt die Vergangenheit, aber sie unterscheidet sich nicht sehr vom Heute. Heimliche Absprachen, die Renovierung des Theaters, die Parade am vierten Juli. Die Fotos sind gelb und körnig. Ich lese die Überschriften. Um die Mittagszeit schwirrt mir der Kopf. Ich lege ihn auf den Tisch und schließe die Augen.

Zwei Stunden später schrecke ich durch ein Klopfgeräusch hoch. In den ersten dreißig Sekunden denke ich, der Fink hätte mich hier entdeckt. Ich hebe mein Gesicht von der Tischplatte und sehe Danny auf der anderen Seite der Glastür. Die Wahrscheinlichkeit, dass aus meinem Mundwinkel Speichel fließt und mein halbes Gesicht wie ein Pfannkuchen aussieht, ist erschreckend groß. »Verflucht, Danny«, sage ich, »was machst du denn hier?« Er hat sein Goofygrinsen aufgesetzt, und seine Augen blitzen schelmisch. Bestimmt wird er mich ewig damit aufziehen.

»Miss McDermott hat gesagt, du wärst hier unten«, sagt er. »Ich dachte, ich schau mal vorbei.«

»Wieso hat sie mich überhaupt erwähnt?«

»Ich glaube, ich habe die Bücherei als Geisterstadt bezeichnet, und sie hat gesagt, das sei nicht wahr. Denn du seist ganz sicher kein Geist.«

»Was machst du hier?«, frage ich und merke, dass das klingt, als bezichtigte ich ihn des unbefugten Betretens, als sei die Bücherei mein Eigentum.

»Weißt du, ich lese auch Bücher«, sagt er. Er verschränkt seine Arme und lehnt sich an den Türrahmen. Ich muss zugeben, dass Danny Santopolo, wenn man vom Dreck und Schweiß einmal absieht, nicht übel aussieht. »Und du?«

»Nachforschungen«, murmle ich. Ich massiere meine Wange mit der rechten Hand, damit die Tischabdrücke verschwinden, die garantiert zu sehen sind. Meine Haare sehen wahrscheinlich aus wie nasses Hundefell – nass vom Regen und zerdrückt vom Schlafen.

»Heimatgeschichte?« Er sieht die Aufschrift auf den Kisten.

»Miss Martine«, gestehe ich schließlich, »ich grabe ein wenig in ihrer Vergangenheit.«

»Graben? Guter Witz.« Er lächelt, und ich spüre, wie ich rot werde. Danny steht einfach nur da und sieht mich an. »Übrigens, Owen nervt immer noch wegen des Knochens«, sagt er schließlich. »Er meint, er will mich bei Old Olsen anschwärzen, wenn ich ihm den Knochen nicht gebe.«

»Ich glaube, an der Stelle liegt noch mehr«, sage ich. »Nicht unbedingt Knochen, aber auf jeden Fall mehr als nur Dreck und Insektenpanzer.«

»Ja, das glaube ich auch.«

Ich sehe ihm in die Augen und überzeuge mich davon, dass er mich nicht auf den Arm nimmt. »Warum wohl?«, frage ich und merke plötzlich, dass seine Wimpern unterschiedliche Farben haben. Manche sind zitronengelb wie seine Haare. Andere dunkel wie seine Augenbrauen.

»Bist du nachts schon mal an Miss Martines Haus vorbeigefahren?«, fragt er. »Da brennt immer dasselbe Licht, im selben Zimmer, immer.«

»Ist mir nie aufgefallen.«

»Sie kommt mir nicht wie eine reiche Dame vor, die sich eine Laube bauen lassen will. Ich habe gestern Abend meine Mutter gefragt, ob sie Miss Martine schon mal gesehen hat. Sie hat eine halbe Sekunde überlegt und dann Nein gesagt.«

»Ich habe noch nichts Konkretes gefunden«, erzähle ich Danny. »Also, wir haben nur diese paar Kisten. Ich weiß nicht, warum mir das so wichtig ist, aber das ist es eben. Ich kann mir nicht vorstellen, dass man so viele Jahre immer im selben Haus hockt. Ich verstehe das nicht.« Die andere Hälfte erzähle ich ihm nicht: dass ich, wenn ich das Geheimnis um Miss Martines Verschwinden enträtselt habe, vielleicht auch das Verschwinden meiner Mom enträtseln kann. Vielleicht komme ich auf diese Weise den feinen Linien und dem Überleben weiter auf die Spur.

»Brauchst du Unterstützung?«

Er lächelt und muss mich nicht lange überreden.

»Klar«, sage ich. Er verschwindet im Flur und kommt ein paar Minuten später mit einem eigenen Büchereistuhl zurück, den er neben mich stellt. Er setzt sich, und wir sind so nah beieinander, dass unsere Ellbogen sich berühren.

»Also, wo bist du stehen geblieben?«, fragt er.

»Zeitungsausschnitte«, erzähle ich ihm. »Ich suche in den Artikeln nur nach ihrem Namen. Ihrem Namen oder dem ihres Vaters.« Ich schiebe ihm einen Stapel Zeitungsausschnitte hinüber. Er streicht das Papier mit der Hand glatt.

»Dem reichen Industriellen, meinst du.«

»John Butler Everlast«, sage ich und nicke.

»Stell dir mal vor, du müsstest dein Leben lang mit so einem angeberischen Namen leben.« Danny spitzt die Lippen, reckt die Nase in die Luft und schüttelt sich die Locken aus dem Gesicht. »Guten Tag, Gnädigste«, sagt er und verbeugt sich tief.

»Die Freude ist ganz meinerseits«, antworte ich.

14

»Schau, wir haben Besuch«, sagt Dad, als ich ihn später in seinem Atelier aufsuche. Es hat aufgehört zu regnen, aber der Himmel ist immer noch bedeckt. Im Atelier brennen sämtliche Lichter.

»Sammy?«, sage ich, denn Sammy und seine Haare, die wie Feuer lodern, sind unverwechselbar.

»Mein neuer Spitzenassistent.«

Dad, möchte ich am liebsten sagen, ist das dein Ernst? *Das Äffchen?* Aber ich halte den Mund und mache einen kurzen Sichtcheck. Das Verrückte ist: Nichts ist kaputt. Sammy steht mitten zwischen den Gläsern, Tiegeln, Lösungen und Harzen, und es gibt keine sichtbaren Schäden, keine Nachwirkungen von Hurrikan Mack, keine Farbpfützen, kein Getropfe. Ich sehe Dad an und weiß, dass er genau weiß, was ich denke. Ich sehe Sammy an. Da steht er, das Kinn gereckt, die Fäuste in die Seiten gestemmt und linst zu mir herüber, als sei ich der Eindringling.

»Sammys Mom muss etwas erledigen«, erklärt Dad in einem Ton, als handele es sich um eine offizielle Regelung. »Die Babysitterin hat abgesagt, und ich habe gesagt, dass ich Hilfe brauchen kann.«

»Dann warst du also die einfachste Lösung?«

»Ich bin die *beste* Lösung. Vergiss das nicht.«

»Da hat Sammy aber Glück gehabt«, sage ich.

»*Ich* habe Glück gehabt«, sagt Dad. »Schau, wie weit wir schon gekommen sind. Die Leinwand ist fast wieder aufgespannt.« Dad tritt zur Seite. Er hat nicht gelogen. Neben ihm steht das Gemälde auf einem funkelnagelneuen Rahmen.

»Ich habe ihm geholfen«, sagt Sammy und lässt seinen Kopf auf die Seite plumpsen.

»Aha«, sage ich.

»Es war superleicht.«

»Kann ich mir denken.«

»Ich habe Kräfte wie ein Superheld.« Bei diesen Worten geht Sammy in die Hocke, grunzt, fuchtelt mit den Armen, hüpft auf und nieder und kommt wieder zum Stehen. »Ich bin schneller als Spiderman«, sagt er, »sogar schneller als Batman.« Er hockt sich wieder hin und ächzt und fuchtelt mit den Armen. Seine Jeans sitzen so locker, dass es aussieht, als könnte er jeden Moment aus ihnen herausrutschen. Sein T-Shirt ist zwei Nummern zu klein. An seinen gelben Sneakern blinken rote Lichter.

»Was hast du denn da?«, frage ich und zeige auf den kleinen Rolltisch neben ihm, auf dem Töpfe, Farben und Pinsel stehen.

»Ich male auch ein Bild«, sagt er. »Guck mal.« Er nimmt ein Blatt Bastelpapier von der Mitte des Tischs. Die Farben fließen am Papier herab. Alles ist gelb und orange, und überall sind Zacken.

»Sterne?«, rate ich.

»Raketenschiffe«, sagt er und schiebt seine Unterlippe vor. Aber schon hat er seine Enttäuschung vergessen und lässt sich auf einen kleinen Rollenhocker fallen, um sein Werk zu vollenden.

»Ich glaube, er hat Talent, findest du nicht, Katie«, sagt Dad.

»Äh, doch.«

»Kannst du dich daran erinnern, wie du hier immer gemalt hast?«, fährt Dad fort. »Du hast immer Blumen gemalt.« Ich habe plötzlich ein Bild von einem anderen Ich vor Augen: Ich sitze direkt neben Dad und male wie Sammy. Ich sehe Dad, der eine Wäscheleine spannt und meine Bilder aufhängt und Mom ruft. »Komm, schau dir Katies Ausstellung an.« Und Mom lässt alles stehen und liegen, kommt und lobt mich. Sie sucht sich immer ein Lieblingsbild aus. Die Lieblingsbilder werden mit Bananenmagneten an die Kühlschranktür gehängt. »Wie lief es heute mit deinem Forschungsprojekt?«, fragt Dad.

»Ganz okay. Nichts Besonderes. Erzähl ich dir später.«

Wer weiß, was Sammy seiner Mutter erzählen würde. Außerdem ist ein Geheimnis kein Geheimnis mehr, wenn die ganze Nachbarschaft davon weiß.

»Ich habe gedacht, heute gibt es Pizza zum Abendessen«, sagt Dad.

»Pizza? Wirklich? Der Meisterkoch wünscht eine Pizza?«

»Peperoni, Peperoni, Peperoni«, sagt Sammy, weil er annimmt, nehme ich an, dass ihn jemand gefragt hat. Er hält den hölzernen Pinsel hoch, als wollte er die Luft anmalen, und stampft mit den Füßen auf, dass seine Sneaker Funken sprühen.

»Ich mag keine Peperoni«, sage ich.

»Wir machen halbe, halbe«, sagt Dad.

»Egal«, sage ich und wende mich zum Gehen.

»Katie«, ruft er mir nach, »könntest du den Pizza-Service anrufen?«

Später bittet mich Dad, den Jungen nach Hause zu bringen. Was soll ich ihm antworten? »Nein, keine Zeit?« Ich befeuchte ein paar Lagen Küchenpapier und wische Sammy das Gesicht ab. Dann hebe ich ihn hoch, er kreischt und tritt um sich, und trage ihn zur Spüle und halte seine Hände unter den Wasserhahn. »Das Wasser ist zu heiß«, jammert er, und ich stelle es etwas kühler. Dann trockne ich ihn ab und drehe ihn um die eigene Achse. Dad sagt: »Jetzt siehst du blitzblank aus.«

»Superhelden waschen sich nicht«, schmollt Sammy.

»Wenn sie Peperonipizza gegessen haben, schon«, sagt Dad zu ihm. Sammy sieht Dad an, als wollte Dad ihn auf den Arm nehmen. Dann gibt er dem Küchentisch einen Tritt, dass die Schuhe blitzen, und haut Dad freundschaftlich auf den Oberarm.

»Morgen komme ich wieder«, gibt Sammy bekannt.

»Wirklich?«, sagt Dad.

»Ja, weil du mich brauchst«, sagt Sammy.

»Nun, wir müssen deine Mutter fragen.«

Ich starre Dad an und denke »Machst du Witze?«, aber Dad weicht meinem Blick aus. Er fährt sich mit den Fingern durch seine Löwenmähne und lehnt sich im Stuhl zurück. »Bis dann, Sammy«, sagt Dad, »schön, dass du vorbeigekommen bist.«

Im Dunkeln fasse ich nach Sammys Hand. Er überlässt sie mir ohne Theater. Er klammert sich so fest an meinen einen Finger, dass er mir mit Sicherheit den Knöchel zerquetscht. Die Wolken haben sich irgendwohin verzogen, die Nacht ist klar, und die Grillen sind am Ausflippen. Ein *Huhu* ertönt, es könnte von einer Eule oder einem Trauertaubenpärchen stammen. Sammys Schuhe leuchten uns den Weg bis fast zum

Ende der Einfahrt, wo die dicke Lampe der alten Straßenlaterne ihr Licht abgibt. Und dort, im Schein dieser Laterne, leuchten die vier Glasaugen einer Rehkuh und ihres getupften Kitzes. Sie stehen einfach da und beobachten uns, wie wir sie beobachten. Ich hätte nie gedacht, dass Sammy Mack so still sein kann. Es ist, als ob wir vier auf ein Foto gebannt wären, als ob uns jemand eine Botschaft schicken wollte. Und das könnte die ganze Nacht so weitergehen, würde nicht dieses Auto um die Kurve kommen. Die Scheinwerfer scheuchen die Rehe aus ihrer Erstarrung. Sie flüchten auf dünnen Beinchen.

»Rudolph«, sagt Sammy, als sie fort sind und wir die Straße überqueren.

»Meinst du?«

»Ja, das weiß ich.« Er nickt so heftig, dass ich mir Sorgen mache, er könnte sich eine Muskelzerrung zuziehen. Kaum haben wir die Einfahrt seiner Eltern erreicht, lässt er meinen zerquetschten Finger los und sprintet auf ein paar alte Birken zu. »Schau mal, was ich kann!«, ruft er. Bevor ich überhaupt Gelegenheit zum Antworten habe, ist er schon auf die untere Verzweigung eines Zwillingsbaums gesprungen und klettert die dicksten Äste hinauf.

»Ich bin beeindruckt«, sage ich und trabe zu ihm hinüber. »Noch eindrucksvoller ist es aber, wie Superhelden wieder herunterkommen.«

»Das ist doch leicht«, sagt er, und bevor ich ihn davon abhalten kann, hat er sich auf dem Ast, auf dem er gesessen hat, aufrecht hingestellt und breitet seine Arme wie Flügel aus. »Bis zur Unendlichkeit und noch viel weiter!«, schreit er und tritt ins Leere und fällt durch die Luft auf den Boden. Er macht eine Rolle, eine Art seitlicher Purzelbaum. Ich renne zu ihm hin und hebe ihn hoch.

»Fliegen ist meine Spezialität«, sagt Sammy atemlos.

»Tatsächlich?« Er sieht okay aus. Er spricht okay. Er steht auf. Er geht. Er hechtet zur Haustür, und die Tür kracht laut hinter ihm zu, und plötzlich erinnere ich mich an Sammy, als er noch eine halbe Portion war, als er nur im Kinderwagen liegen konnte und darauf warten musste, in die Welt gehoben zu werden. Mom und ich trafen sie manchmal in der Stadt – Mrs Mack und ihr kahlköpfiges Bübchen. Zum Beispiel standen wir beim Bäcker für frisches Brot oder bei Hook and Sinker für einen ganzen Seebarsch an und hörten hinter uns das Quengeln des Jungen. Egal, wo wir gerade waren oder was wir zu erledigen hatten oder wie viele Einkaufstaschen wir schleppen mussten, Mom ging immer schnurstracks zu den Macks und bot sich an, Sammy eine Weile zu nehmen.

»Bei mir ist er nie zufrieden«, seufzte Mrs Mack, wenn Mom die Kinderwagengurte löste und Sammy an ihre Schulter legte.

»Manchmal brauchen sie nur eine andere Perspektive«, sagte Mom dann.

Auf der pergamentenen Haut unter Mrs Macks stahlblauen Augen zeichneten sich dunkle Schatten ab, und aus ihrer Frisur hatten sich lange Haarsträhnen gelöst. »Er schläft kaum«, sagte Mrs Mack. »Ich frage mich manchmal, ob ich etwas falsch mache.«

»In diesem Jungen steckt eine Menge Leben«, beruhigte Mom sie dann. »Er möchte keine Sekunde davon vergeuden.« Und wie zum Beweis wurde Sammy still und sah sich um, zeigte mit den Fingern auf etwas und stieß gurgelnde Laute aus.

»Wahrscheinlich haben Sie recht«, sagte Mrs Mack dann, und dann, ich weiß auch nicht, warum, sagte sie immer: »War Katie auch so?«

»Katie war etwas Eigenes«, sagte Mom und verlagerte Sammy ein wenig, damit er noch mehr Dinge zu sehen bekam. »Das gilt für jedes Kind.« Was ist das höchste Kompliment, das ein Mensch machen kann? Bei Mom war es dies: Sie wollte mich einfach immer so, wie ich bin. Sie wollte nie, dass ich mich verstelle.

Ich stehe noch eine Weile im Schutz der Dunkelheit vor Sammys Haus, um sicherzugehen, dass die Haustür nicht mehr auffliegt. Der Junge scheint gut angekommen zu sein, wenigstens für diese Nacht. Ich drehe mich um und gehe nach Hause – nur ich, allein.

15

Es regnet auch die nächsten zwei Tage, und am dritten Tag steigert sich Dad in einen Frühstücksrausch hinein. Auf Herdflamme Nummer eins die Pfannkuchen, auf Herdflamme Nummer zwei die Spiegeleier, in allen vier Toasterschlitzen Toastbrot und auf dem Tisch eine knalllila Dahlie. »Was machst du da?«, frage ich ihn, und er sagt: »Ich habe mich inspiriert gefühlt.«

»Inspiriert? Oder eher hungrig? Willst du das alles selber futtern?«

»Ich habe mit deiner Gesellschaft gerechnet«, sagt er. »Meine Pfannkuchen sind einsame Spitze.«

»Dad«, stöhne ich und packe mein Lunch in einen Beutel.

»Auch Intelligenzbestien benötigen Nahrung«, sagt er. »Vielleicht sogar mehr als Mister Mustermann.«

»Also gut, aber nur einen«, sage ich und ziehe einen Stuhl hervor.

»Auch einen Schluck O-Saft?«

»Ja, danke.«

»Und ein Ei? Nur eins. Das allerkleinste?«

»Okay, Dad. Ein Ei auch noch.«

»Und auf Toast hast du keine Lust?«

»Nein, Dad. Keinen Toast. Heute nicht.«

Dad holt ein Glas aus dem Schrank und sieht ein bisschen

traurig aus, weil ich den Toast verweigert habe. »Dann erzähl doch mal von Freitag. Du hast kaum etwas gesagt.«

»Freitag? Meinst du in der Bücherei?«

Die Sonne prallt voll in die Küche, ich muss kurz überlegen, was gewesen ist – der Regen, die Kisten mit der Heimatgeschichte, Dannys Überraschungsbesuch. »Also«, fange ich an, nachdem Dad ein randvoll gefülltes Glas vor mich hingestellt hat, »Freitag war interessant. Freitag war Zeitungstag. Alles mögliche Zeugs.« Ich erwähne nichts von Danny, weil Dad sonst wieder mit Jessie und Ellen anfängt – mich zum tausendsten Mal fragt, wann Jessie wieder vorbeikommt und uns die Ohren abquasselt, wann Ellen kommt, die Treppe hinaufstolpert und »T'schuldigung« sagt, als müsste man sich bei den Stufen entschuldigen, wann wir wieder zusammen ausgehen, wann wir wieder einen Einkaufsbummel machen und in Glitzertragetaschen blöde Sachen wie Federboas und riesengroße Sonnenbrillen mit nach Hause bringen.

»Irgendwelche wichtigen Schlagzeilen?«

»Nein, aber eine wichtige Rolle in einem Shakespearestück in Baldwin«, sage ich, und Dad sagt: »Ha-ha.«

»Nein, wirklich. Außerdem war sie Miss Independence Day auf der Parade zum vierten Juli. Im Jahr 1946 haben ihre Eltern ein Schlittenfest veranstaltet. Ihre Mutter gewann 1942 einen Preis für ihren Kriegsgarten. Die besten Tomaten. Der beste Spargel. Limabohnen, so groß wie der Fingernagel eines Babys.«

»Nicht viel, in anderen Worten«, sagt Dad. Er hat Platz genommen, Butter auf seinen Pfannkuchen gestrichen, eine Pfütze Sirup auf seinen Teller gegossen, seinen halben O-Saft ausgetrunken. Er nickt mit Blick auf meinen Teller, das übliche Du-enttäuschst-mich-wie-wenig-du-isst-Nicken. Ich kenne es gut.

»Na ja, nichts, was mich weiterbringt.« Ich teile ein Stück Pfannkuchen mit der Seite meiner Gabel ab. Er ist nicht so klebrig wie das letzte Mal, als er Fertigrührteig in die Pfanne geschmissen hat. Er hat sich eindeutig gesteigert.

»Aha. Irgendwelche Manifestationen über John Butler Everlast?«

»Manifestationen?«

»Du weißt schon. In der Zeitung. Taucht sein Name irgendwo auf?«

»Manchmal«, sage ich und versuche, mich daran zu erinnern, was Danny erzählt hat. »Fusion und Wachstum bei Quality Chemicals. Unternehmer des Jahres im Handelskammerbezirk. Preisgekrönter Border Collie. Spenden für die Bücherei.«

»Nichts über seine Malerei?«

»Nein, nichts.«

»Hat er irgendwelche Galerien oder Kunstmuseen unterstützt?«

»Bis jetzt haben wir nichts entdeckt.«

»Vielleicht ein paar Exponate auf einer Ausstellung?«

»Dad«, stöhne ich, »das hätte ich dir doch gesagt.«

»Aber du hast ein Auge darauf?«

»Natürlich.« Ich nicke eifrig, damit er nicht weiterfragt.

»Schmeckt dir der Pfannkuchen?«, fragt er.

»Perfekt, Dad.«

»Wirklich?«

»Total.«

»Weißt du«, sagt er, »der Sirup ist vom Bauernmarkt. Das schmeckt man.«

Ich schaue auf meine Armbanduhr und auf die Uhr hinter Dad, sie gehen nie genau gleich. Ich stehe auf und stelle mein Geschirr zusammen. »Ich muss los, Dad.«

»In Ordnung.«

Er lehnt sich in seinen Stuhl zurück und zieht ein trauriges Gesicht, weil ich meinen Pfannkuchen nur halb gegessen und das Ei stehen gelassen habe. Auf seinem Teller liegt noch ein ganzer Stapel Pfannkuchen. Ich bekomme Schuldgefühle im Bauch, weil ich ihn allein essen lasse und er außer der Dahlie niemanden zum Sprechen hat. Ich bleibe stehen, beuge mich vor und drücke ihm einen Kuss auf die Stirn. »Und du, Dad?«, frage ich ihn. »Machst du Fortschritte?«

»Komische Sache mit dem Bild«, sagt er.

»Wieso?«

»Der Firniss«, sagt er, »kaum zu erkennen, aber doch da: eine *Iris-Pseudacorus*-Struktur.

»Du meinst wie die Schwertlilie?«, frage ich.

»Ganz genau.«

»Das ist merkwürdig«, sage ich.

»Ja, das finde ich auch. Ein Gemälde mit einem Blumenmuster zu überziehen, aber ohne Farbe – nur mit Firnis. Das ist eigenartig.«

»Dad?« Mein Puls beschleunigt sich.

»Was ist?«

»Es ist nämlich so – in dem Artikel über Miss Martines Debütantinnenball. Der Reporter schrieb, dass sie Lilien im Arm trug.«

»Wirklich?«

»Mom hat uns doch die Geschichte von König Chlodwig und seiner Armee erzählt, von einem Fluss und diesen Blumen, die wie ein Wegzeichen aus dem Wasser ragten? Die Blumen, die ihn retteten, waren genau solche Schwertlilien.«

»Das ist eine Version der Geschichte«, sagt Dad, nickt bedächtig und reibt sich die Haut unter seinem einen Auge. »Sehr interessant, Katie. Außerordentlich interessant.«

»Kann sein, aber ich weiß trotzdem nicht, was es bedeutet.«

»Nun, zumindest, dass Miss Martine gelbe Lilien mochte.«

»Oder immer noch mag.«

»Hast du welche auf dem Anwesen gesehen?«

»Eigentlich nicht. Kann mich nicht erinnern.«

»Sieh dich gut um«, sagt er, »und berichte mir. Blüten gibt es um diese Zeit keine mehr, aber die Stängel müssten noch zu sehen sein.«

»Mach ich«, sage ich, »ganz bestimmt.«

»Sie sind eine gute Ermittlerin, Miss Katie«, sagt er, »ich wüsste nicht, was ich ohne Sie machen sollte.«

»Ich wette, dass es heute einen Durchbruch gibt«, sage ich.

»Für dich oder für mich?« Sein Gesicht hellt sich auf.

»Für die D'Amores. Für uns beide«, sage ich.

»Kann sein«, sagt er.

»Ich mache den Abwasch später, lass das Geschirr einfach in der Spüle.« Ich nehme meine Sachen und renne aus der Tür, schwinge mich aufs Rad, rücke meinen Rucksack zurecht und fahre die Einfahrt hinunter. Auf halbem Weg sehe ich Sammy Mack. Er steht unten am Briefkasten und wirbelt mit den Füßen Kies auf.

»Hallo, Sammy, was gibt's?«, rufe ich und bleibe schlingernd stehen.

»Nichts«, sagt er.

»Nichts? Hast du ganz allein die Straße überquert?«

Er nickt sein Ich-bin-ein-Superheld-Nicken, als wäre ein Ja die richtige Antwort auf diese Frage. Er hat dieselben Jeans wie gestern an und ein noch schrecklicheres T-Shirt, und die Schnürsenkel seiner Superheldenschuhe schlabbern in alle Richtungen. Ich vermute, seine Mutter weiß nicht einmal, dass er weggegangen ist. Ich denke, sie sitzt zu Hause und träumt.

»Das ist gefährlich, Sammy. Das darfst du nicht.«

»Jimmy braucht mich«, sagt er, und ich brauche eine Weile, bis ich kapiere, dass er meinen Dad meint.

»Wirklich?«

»Ähä.« Er schlenkert sein Kinn auf und nieder.

»Das ist gut, Sammy. Wenn du meinst. Aber trotzdem darfst du nicht allein über die Straße gehen, hast du gehört? Und du musst immer deiner Mutter sagen, wenn du weggehst.« Ich steige vom Rad und möchte seine schlabbrigen Schnürsenkel festmachen, aber er schießt wie ein Teufel davon Richtung Haus und Atelier.

»Ich geh nicht heim, ätsch, ätsch. Ich geh nicht heim.«

»Sammy!«, rufe ich. »Sammy, komm her. Ich will deine Schuhe zubinden.« Dad hat die Unruhe bemerkt und ist vor die Tür getreten.

»Wen haben wir denn da? Das ist ja Mr Mack«, höre ich ihn sagen.

»Spitzenassistent«, sagt Sammy.

»Magst du Pfannkuchen?«

»Hast du auch Sirup?«
»Ja, Mann. Ich habe gerade sehr viel Sirup vorrätig.«
»Ich mag dich, Jimmy.«
»Und ich mag dich auch, Mr Mack.«

16

Ich fliege den Abhang hinab, an knorrigen Bäumen, steinernen Pfosten, schwarzen Toren und Beeten vorbei und suche den Boden nach Lilienstängeln ab und muss plötzlich an den Tag vor unserer Abreise nach Barcelona denken, als Jessie und Ellen schon morgens zu mir gekommen waren und meiner Mutter gesagt hatten, dass sie mich entführen würden. Mom war draußen im Garten. Sie hatte ihr Nachthemd an, das eher einem Unterrock glich und das mich immer daran erinnerte, dass sie eine Ballerina geworden wäre, wäre sie nicht unter lauter Pferden groß geworden. Ihre Arme waren lang und ganz dünn und bleich, und ständig rutschten ihr die Armbänder herunter, die dann auf den Boden fielen – sie waren zu weit für ihre so schmalen Handgelenke. Der Diamantring an ihrer linken Hand verdrehte sich ständig unterhalb ihres Fingerknöchels und sah nun aus wie ein einfacher Goldring. Im Haus und auch im Garten ging sie immer barfuß, und bevor die Sonne zu hoch stieg, wässerte sie die Pflanzen. Sie hielt den Schlauch dicht an die Wurzeln, zupfte Unkraut, pflückte eine Blume für die Vase und kümmerte sich nie, niemals um ihre Haare, die immer aussahen, als sei sie gerade aus dem Bett gestiegen. Meine Mom liebte auch gelbe Blumen. Sie freute sich jedes Jahr auf den Augenblick, wenn sie aufblühten.

Als Jessie und Ellen auf ihren Fahrrädern ankamen, sagte sie »meine Mädchen« und umarmte sie, als wären sie ihre

Töchter, was sie sozusagen auch waren, weil wir seit dem Kindergarten Freundinnen waren. Seit den Busfahrten und den Brownies, seit dem Campingurlaub, wo es drei Tage lang geregnet hatte und wir alle – mein Dad, meine Mom, meine Freundinnen – im Zelt hockten und uns alberne Geschichten erzählten. »Mädchen.« Ich war unten und sah sie durch das Küchenfenster, meine beiden besten Freundinnen mit ihren windzerzausten Haaren und meine Mom mit ihrem Nachthemd und ihrem Gartenschlauch. Sie unterhielten sich lange, bevor Mom sie ins Haus führte, und dann saßen wir alle um den Tisch und frühstückten. Das ist lange her, in einer Zeit, als mein Dad noch oben schlief und unten seine Pfannkuchen auf ihn warteten, sein Toastbrot im Toaster, seine Claire auf ihrem Stuhl. Damals stand er spät auf, kam mit lotterigen Haaren die Treppe herunter und sagte: »Morgen«, und setzte eine Brille auf, um überhaupt etwas zu sehen.

Danach fuhren Jessie, Ellen und ich hügelauf und -abwärts bis in die Stadt. Hintereinander wie im Gänsemarsch.

Die Stadt, das ist eigentlich nur eine Straßenkreuzung mit Läden, die sich zur einen und zur anderen Seite ziehen. Vor allem aber ist das die Ecke mit den beiden Bänken, an der alle vorbeikommen und wo immer jemand mit einer Gitarre oder einer Mundharmonika hockt und wir mit unseren Kaffeebechern aus dem Kaffeeshop umherstehen. Direkt daneben, nur drei Häuser weiter, ist ein Kino, das angeblich einmal eine Oper gewesen ist. Es ist bunt angemalt, und an den Vormittagen gibt es in den Sommerferien für den Kinderclub Gratisvorstellungen mit alten Kinderfilmen.

Am Tag vor Barcelona gingen wir drei in die Zehnuhrvorstellung und standen mit allen anderen Kindern, Mamis und Nannies in der Schlange, weil das wunderbar albern war, weil es drinnen kühl und draußen heiß war, weil wir hinten sitzen und die Schuhe von uns schleudern konnten und wir zwischen uns einen Eimer Popcorn und eine Schachtel Skittles stellen würden. Komisch, aber an den Film kann ich mich nicht mehr erinnern, ich weiß nur noch, dass wir wahnsinnig lachen mussten. Jessie lachte so, dass sie fast vom Stuhl kippte, und Ellen rief ständig: »Oh Gott, oh Gott, oh Gott«, als hätte sie einen fürchterlichen Schluckauf.

Ich war der glücklichste Mensch auf der ganzen großen Welt, aber das wusste ich nicht. Und genau deshalb hasse ich es, so schlau zu sein: Schlau sein hat mir nämlich nichts genützt. Ich wusste und ahnte nicht, dass dies das letzte unbeschwerte Vergnügen war, das ich mit meinen beiden allerbesten Freundinnen erleben sollte. Zwei Tage nach unserer Rückkehr aus Barcelona ging mein Vater mit meiner Mutter zum Arzt – verfrachtete sie ins Auto, weil sie sich nicht mehr dagegen wehren konnte, weil sie ihr Geheimnis nicht länger geheim halten konnte. Vier Wochen später war die Diagnose klar. Hinterher sieht alles wie eine Vorwarnung aus, alles in mir fühlt sich alt und verbraucht an, und die Leute sagen: »Ach, Katie, du hast den Tod deiner Mutter so gut verarbeitet«, und ich denke: *Verarbeitet. Verarbeitet?* Ich kann kaum atmen, merkt ihr das nicht? Und irgendwo da draußen sind Jessie und Ellen und lachen, nur sie beide, hinten in einem alten Kino, und sie denken vielleicht, ich hätte sie vergessen, aber das habe ich nicht. Das könnte ich niemals – nur, sie erinnern mich an meine Mutter, sie fragen nach meiner Mutter, und ich will die Fragen nicht hören, selbst wenn ich eine Antwort wüsste.

Meine Mom hätte gewusst, wie man hinter das Geheimnis des Gemäldes kommt.

Meine Mom hätte gewusst, wo die gelben Lilien wachsen, und warum eine Frau, die sich jeden Wunsch erfüllen konnte, sie auf ihrem Debütantinnenball im Arm hielt.

17

Der Regen vom Wochenende steigt wie Drachendampf vom Erdboden auf. Ich biege in Miss Martines Anwesen ein, schieße über den Teerweg, springe vom Rad und gehe zu Fuß weiter. Ich atme tief und gleichmäßig, um meinen Puls zu stabilisieren. Auf dem Weg zum Geräteschuppen sehe ich Amy. Sie winkt mit dem Hut in meine Richtung. Yvonne ist ein Stück weiter weg. Sie trägt zwei Eimer, die aussehen, als befänden sich lauter grüne, sich windende Schlangen darin, in Wirklichkeit aber, das sehe ich jetzt, ist es Farnkraut. »Mädchen!«, schreit sie mir zu, da sie keine Hand zum Winken frei hat, und ich sage: »Guten Morgen, Miss Yvonne. Was sagen Sie zu dem ganzen Regen?«

»Hab meine Wäsche gemacht«, ruft sie zurück. »Mensch, sind wir nass geworden.« Sie nickt Richtung Hang, und ich folge ihrem Blick. Von hier aus sieht das Gras aus wie grüne Tupfer in einem Meer von Wasserkristallen, die Blumen und die Baumwipfel lassen ihre Köpfe hängen. Der Bach ist eine gekrümmte Linie in Blaubraun, er sieht breiter als sonst aus und ist an manchen Stellen über sein Ufer geschwappt. Neben der Baugrube sehe ich Old Olsen, Ida, Reny, die Santopolos – sie stehen alle im Kreis und schauen nach unten.

»Was gibt's da drüben?«, frage ich Yvonne.

»Da bin ich überfragt.« Sie zuckt mit den Achseln. »Ich bin hier zum Auspflanzen eingeteilt.«

Ich schiebe mein Fahrrad in den Schuppen und klappe den Ständer nach unten. Dann gehe ich in der prallen Sonne über den Hügel. Meine Stiefelspitzen werden nass, und ich höre das Wasser in meinen Socken schmatzen und halte nach alten Lilien Ausschau, falls es in diesem Garten überhaupt je Lilien gegeben hat. Die Trittsteine sind heute weit unterhalb der Wasseroberfläche. Ich muss bis zur Brücke gehen, dort den Bach überqueren und dann zu den anderen wieder zurückgehen. Das Loch sieht genau wie der Espresso aus, den mein Vater sich morgens zubereitet – karamellbraun. Das Grabungsteam glotzt die ganze Zeit nach unten, und erst als ich näher komme, kann ich verstehen, was sie sagen.

»Auf jeden Fall Projektmaterial für mein Abschlussprojekt«, sagt Owen. »Garantiert etwas Prähistorisches.«

»Was unterrichten die heutzutage eigentlich in der Schule?«, fragt Ida. »Prähistorisch? Dass ich nicht lache.«

»Hast du schon mal so einen perfekten Schildkrötenpanzer gesehen?«, fragt Owen zurück.

»Prähistorisch bedeutet nicht ein Jahr vor meiner Geburt«, sagt Ida, und Reny lacht zustimmend, der Punkt geht an Ida. Sie sieht ihn mit einem Blick an, der eine Kombi aus *Ich kenn dich doch* und *Okay, zugegeben, du bist ganz in Ordnung* ist.

»Hallo, Katie«, sagt Danny, als er mich heranschwappen hört, »sieh dir das mal an.« Er tritt zur Seite und lässt mich in den Kreis ein. Owen schiebt mir seinen Schildkrötenpanzer hin. Einen halben Schildkrötenpanzer, würde ich sagen. Der Rückenschild.

»Cool«, sage ich. Es ist so ein tolles Gefühl, direkt neben Danny zu stehen, dass ich den ganzen Tag über Schildkröten sprechen könnte. »Wo hast du ihn gefunden?« Ich nehme den

Panzer, und Owen erlaubt mir, ihn zu halten. Ich drehe ihn hin und her – nach außen, nach innen und wieder nach außen –, und erst, als ich ihn das dritte Mal herumdrehe, spüre ich auf seiner Unterseite eine spitze Unebenheit. Ich fahre mit dem Zeigefinger an der Kerbe entlang. Ich drehe den Panzer um und sehe mir die Stelle im Sonnenlicht an. Komisch, denke ich. Was man in einem Garten alles entdeckt.

»Hat da drüben aus der Erde geguckt«, sagt Owen und zeigt mit einer übertriebenen Geste auf eine Ecke der Grube. »Wusste nicht, was es ist, und hab angefangen zu graben.« Der Lehm auf seinen Armen und Knien ist immer noch feucht. Auf seinem Gesicht ist ein Fleck, als hätte er dort eine Mücke erschlagen. »Hab ihn rausgezogen, und er ist ganz geblieben. Einfach perfekt.«

»Er macht ein eigenes Museum auf«, sagt Reny, der am laufenden Band Insekten wegfuchtelt, was Ida total auf die Nerven geht.

»Und er verlangt Eintritt von uns«, sagt Ida.

»Ihr seid nur neidisch, weil ihr ihn nicht gefunden habt«, sagt Owen.

Danny beugt sich zu mir und verweilt in dieser Stellung. Er dreht mir sein Gesicht zu und flüstert durch seinen Lockenvorhang: »Ich habe noch etwas anderes gefunden. Aber das erzähle ich dir später.« Er legt einen Finger auf seine Lippen und lächelt. Ein Schauer jagt an jedem einzelnen meiner Wirbel hinauf und hinab. Ich weiß nicht, ob es etwas mit Danny zu tun hat, mit dem, was er gefunden hat, oder mit dem Zeichen, das in den Panzer eingekerbt ist. Ich schaue in die vermatschte Baugrube hinein, kein schöner Anblick, und dann auf Old Olsen, der die ganze Zeit kein einziges Wort gesagt hat, weder über den Schildkrötenpanzer noch über den Matsch oder die Eimer, die hinten auf seiner Karre stehen und zu denen er wahrscheinlich nicht viel erklären muss. Eimer sind dafür da, dass man mit ihnen Regenwasser aus ekelhaften Matschlöchern schöpft. Was denkt er? Warum steht er hier so herum und will, dass wir graben, und ist unruhig, weil wir graben. Und warum schweigt er kalt und unbeteiligt über Owens Panzerfund? Seine Augen sind eisern, genau. Das Blau und das Schwarz seiner Augen verschwimmen ineinander.

Sie haben dieselbe Farbe wie die alten Schieferplatten, mit denen das Hausmeisterhaus gedeckt ist, in dem Old Olsen wohnt. Gleich hinter der Einfahrt von Miss Martine, versteckt hinter Anpflanzungen. Man muss unter einem Spaliergitter durch, um zur Haustür zu gelangen. Über Pflanztröge klettern, um an die Fenster zu kommen. Sein ganzes Häuschen ist so gartenbewehrt, dass eigentlich nur das Dach frei zugänglich ist, dabei aber so steil und giebelig gebaut wurde, dass selbst Sammy Mack es sich zweimal überlegen würde, dort hinaufzuklettern.

Schließlich ergreift Reny die Initiative und sagt: »Also, der Panzer ist bestimmt faszinierend, aber jetzt sollten wir an die Arbeit gehen.«

Danny zuckt zurück und sagt: »Klaro.«

Ich lehne mich nach hinten und verliere beinahe das Gleichgewicht. »Wohin mit dem alten Regenwasser?«, fragt Ida und geht zum Karren, um sich einen Eimer zu holen.

»Schöpft es raus und bringt es zum Bach runter«, sagt Old Olsen.

»Rühr meinen Panzer nicht an«, sagt Owen zu Danny und legt ihn behutsam auf eine Astgabel.

»Natürlich nicht, Kleiner«, sagt Danny. Wirklich. Manchmal kann man kaum glauben, dass die beiden nur ein Jahr auseinander sind.

Zu Mittag sind wir so voller Matsch, dass wir uns vor der Pause erst einmal waschen müssen. Old Olsen sagt, wegen der schweren Arbeit dürften wir eine Stunde länger Pause machen. Ich vermute, er möchte die Stunde für sich, um eigene Erkundungen anzustellen.

Für die Gartenhelfer von Miss Martine gibt es eine eigene Toilettenanlage, die an die Rückseite des Gewächshauses geklatscht ist, ganz am Rand des Grundstücks. Man muss erst durch das Gewächshaus, um dort hinzugelangen, und um diese Jahreszeit ist es da drin so heiß wie in einem Dampfbügeleisen, in dem das Wasser schon beim Hineingießen verdampft. Hier gibt es hauptsächlich leere Kübel und ein paar Zitronenbäume, jede Menge Gemüse und eine Reihe von Setzlingen. Als wir zum Gewächshaus kommen, sagt niemand ein Wort. Im Gänsemarsch schieben wir uns durch die Tür zu dem Betonanbau, wo vier Türen zu vier Toiletten mit Waschbecken führen. Keine Geschlechtertrennung. Man wartet hintereinander. Ich bin als Letzte gekommen und stehe hinter den anderen. Ich höre vier Wasserhähne, die gleichzeitig losgehen, und jetzt fängt Reny mit seinem Geträller an, wenn er den Text nicht mehr weiß, pfeift er die Melodie. Ich möchte gar nicht daran denken, wie die Waschbecken aussehen, wenn ich an der Reihe bin. Nur Erde und Wasser, beruhige ich mich.

Schließlich kommt Ida heraus, blitzblank wie ein geschrubbter Kochtopf, am Ausschnitt ihres T-Shirts ein frischer nasser Rand. Idas Haut sieht wie rissige Sommererde aus. Die Risse haben kein bestimmtes Muster, sie brechen einfach irgendwo auf, manche auf der Oberfläche, andere viel tiefer. Ich kann mir Ida nicht jung vorstellen, kann nicht glauben, dass sie jemals so alt war wie ich, dass sie sich irgendwie fraulich verhalten hat, um Renys Aufmerksamkeit zu gewinnen. Sie ist einfach ein Ida-Klotz, ohne jede Schnörkel, und sie glotzt mich an, als sei ich diejenige, die aus der Reihe fällt.

»Mädchen, dir würde eine Wäsche auch guttun.«

»Ja, bestimmt«, sage ich.

»Das Waschbecken ist frei. Ich hab dir sogar noch einen Klacks Ivoryseife übrig gelassen.«

»Danke«, sage ich, denke aber *Igitt,* die Seife, die Ida benutzt hat. Ekelhaft.

In der Toilette drehe ich das Wasser voll auf und wasche die Dreckränder weg, die Ida hinterlassen hat. In dem schmalen Spiegel sieht mein Gesicht riesig aus. Total eingeschlammt und trocken. Ich fange an zu schrubben, zuerst meine Hände, dann meine Arme bis zu den Ellbogen, dann meine Ellbogen bis zu den Ärmeln, dann meine Kniescheiben, dann mein Gesicht, aber mit ganz wenig Seife, weil wirklich kaum noch ein Klacks davon übrig ist. Ida muss alles verbraucht haben. Ich schüttle meine Haare aus Dannys Kappe und versuche, sie mit den Fingern zu richten. Aber meine Haare sind eigensinnig – als lockig kann man sie nicht bezeichnen, das wäre zu schön, gewellt sind sie aber auch nicht. Sie wollen einfach nicht, wie ich will, also packe ich sie wieder unter Dannys Kappe und ziehe mir den Schirm über die Augen, echt nett. Ich drehe die Wasserhähne zu, öffne die Tür, und wer steht da und wartet? Danny.

»He«, sage ich und spüre, wie mir heiß die Röte über das Gesicht kriecht.

»He.« Er macht die Tür zum Gewächshaus auf, tritt zur Seite und sagt: »Ladys first.« Ich gehe durch den engen Mittelgang, Danny ist direkt hinter mir. Ich gehe weiter, und er ist ganz nah, und die Luft ist so heiß, so gespannt.

»Dann hat Owen also einen Schildkrötenpanzer gefunden«, sage ich, um das Schweigen zu brechen.

»Sein Abschlussprojekt«, sagt Danny, »was war dein Thema?«

»Ich weiß nicht«, sage ich und möchte Danny von meinen Nachforschungen erzählen, von meinen ganzen Fragen, aber er gibt der Unterhaltung eine andere Richtung.

»Was meinst du damit, du weißt es nicht?«

»Also, ich weiß es schon, aber es war ein bisschen komisch.«

»Ja? Erzähl.«

»Gott.« Ich seufze, und jetzt sind wir am Ende des Gewächshauses angelangt, wir gehen durch die Tür und in die Luft hinaus ins Freie. Danny tritt neben mich, und der Muskelkater von der morgendlichen Schufterei ist verflogen.

»Komm«, sagt er.

»Barcelona«, erzähle ich ihm. »Ich habe über Barcelona geschrieben. Ein Reisebericht in der Ich-Form.«

»Und was ist daran so komisch?«

»Es war nicht das Barcelona, das jeder kennt. Mein Barcelona war im Untergrund, dort, wo die Stadt anfängt.« Ich warte auf sein Lachen, aber er lacht nicht. Wir gehen einfach weiter. Die anderen sind irgendwohin, die Bäume am Bach werfen ihre Schatten, und Danny wartet. »Meine Mom und mein Dad und ich«, fange ich an und weiß eigentlich gar nicht, wo ich anfangen soll. »Letzten Sommer«, sage ich, und er sagt: »Ja, hab ich gehört. Ihr seid fort gewesen.«

»Ja«, sage ich. Ich weiß, dass die Leute geredet haben, den ganzen Herbst und den ganzen Dezember lang, als ich keinen einzigen Tag zur Schule ging und nur zu Hause bei meiner Mom in dem Zimmer mit den Farben saß. Ich wusste nicht, dass Danny dem Gerede zugehört hat. Ich kannte ihn doch kaum.

»Also, wo fängt Barcelona an?«, fragt er. »Dein Barcelona? Über das du geschrieben hast?«

Ich sage: »Wollen wir uns eine Weile hinsetzen?« Ich gehe zum Bach, und Danny folgt mir. Wir finden jeder einen Stein zum Sitzen. Meiner ist aus Granit und ziemlich vermoost. Dannys Stein ist an einen Baum gelehnt.

»Soll ich dir sagen, was an Barcelona so verrückt ist?«, frage ich ihn.

»Und das wäre?«

»Die Geister der Stadt sind unter der Erde.«

Danny lacht. »Und das weißt du ganz sicher?«

»Klar. Ich habe sie selbst gesehen«, sage ich.

Danny lehnt sich jetzt mit dem Rücken an den Baum, verschränkt seine Arme vor der Brust und wartet, dass ich ihm die Sache mit den Geistern erkläre. Das ist etwas, das ich an ihm besonders mag. Er gehört nicht zu den Typen, die sich im Gespräch immer in den Vordergrund drängen müssen nach dem Muster *Schau mich an* oder *Meine Geschichte ist viel besser als deine.* Nein, er hat Geduld, und das mag ich an ihm, und das ist jetzt vielleicht genau das Richtige, weil nur wir zwei da sind und er mich gebeten hat, ihm etwas über den Tag zu erzählen, als meine Mom und ich unter die Straßen von Barcelona gestiegen sind und dort das andere Barcelona gefunden haben, das Barcelona, das die Römer vor zweitausend Jahren gebaut haben und vor ihnen die Iberer. Das Barcelona, über das ich geschrieben habe.

Dieses Barcelona befindet sich hinter Glas – innerhalb der dicksten Mauern, die man sich vorstellen kann, und es ist kühl dort unten, auch wenn es oben brütend heiß ist. In dieser unterirdischen Geisterwelt ist alles von großen Glühlampen erleuchtet, orangefarben und gelb. Es sieht aus, als kämpfe der Tag mit der Nacht. Dünne Schnörkellinien. Dort unten gibt es Häupter von Göttinnen aus dem vierten Jahrhundert n. Chr., Schwerter aus Eisen. Nähnadeln aus Knochen. Betten und Kerzen, Öllampen, Scharniere, Schlösser und Schlüssel, und in den Wänden sind Nischen, in denen früher kleine Götterstatuen standen, die die Seelen der Verstorbenen zu sich winkten. Was meine Mutter besonders liebte, wovon sie den Blick nicht lassen konnte, waren die sogenannten Cubicula, kleine Privatgemächer mit Bett, Truhe und Stuhl und den allerschönsten und kostbarsten Kosmetikbehältern, mit Mörsern, um Farben zu zerquetschen, und Spateln, um sie zu mischen, geschnitzten Kämmen und Glasflakons. »Kannst du sie sehen?«, fragte meine Mutter, und ich sagte: »Wen?«

»Die Frauen«, antwortete sie.

»Die Römerinnen?«

Sie nickte. »Ja.« Ihre Augen waren so groß und ihr Gesicht so bleich, dass sie selbst wie ein Geist aussah. Wäre meine Mutter in der Lage gewesen, durch Glas zu gehen, wäre sie sofort auf die andere Seite gegangen in eines dieser kleinen Zimmer und hätte sich auf so einen kleinen Stuhl gesetzt, und dann, das schwöre ich, hätte ich die Römerinnen mit meiner Mutter sprechen sehen. Schönheit zu Schönheit, unendliche Schönheit auf immer und ewig. Sie stand da und starrte die Cubicula an, lange, sehr lange. Danach musste sie sich auf eine Bank setzen.

»Alles in Ordnung?«, fragte ich sie, und das ist der Punkt: Sie antwortete nicht, sie war ehrlich. Warum habe ich das nicht bemerkt, warum habe ich gleich danach gesagt: »Dad packt wahrscheinlich schon. Sollten wir nicht gehen?«

»Schätzchen«, sagte sie, »vergiss das nicht. Vergiss nicht, wie lebendig wir gerade sind.« Ich vergesse es nicht, und das wollte ich damit sagen: In Barcelona gibt es Geister.

»Also, das war eine tolle Geschichte«, sagt Danny, und ich merke, dass ich hier gesessen und in Wirklichkeit kein einziges Wort gesagt habe. Ich spüre mein Gesicht puterrot werden und auch meinen Hals und meine Arme.

»Tut mir leid«, sage ich. Ich sehe in seine großen Augen und wäre froh, wenn ich es ihm erklären könnte, wenn ich nicht einfach auf diesem Stein gesessen hätte, in Gedanken halb in Barcelona. Er erwidert meinen Blick. Lächelt, zieht seine Schultern hoch und zuckt mit den Achseln.

»Eines Tages werde ich dir von Barcelona erzählen«, sage ich. »Im Moment kann ich das nicht.«

»Ich kann warten.« Danny hebt seinen Arm und lässt ihn auf meine Schulter fallen. Er zieht mich an sich, und ich knicke ein – meine Knochen, meine Haut, alles, was ich bin, drängt sich an ihn.

»Willst du noch eine Neuigkeit hören?«, fragt er schließlich.

»Ja.« Ich nicke.

»Miss Martine war nicht auf der Beerdigung ihres Vaters.«

»Moment mal. Woher weißt du das?«, sage ich.

Danny nimmt seinen Arm von meiner Schulter und wühlt in seinem Rucksack, der riesig und tief wie eine Höhle ist, soweit ich das sehen kann. Ein ganzes Picknick hätte darin Platz. Nach einigem Gewühle zieht er eine Zeitungsseite heraus.

»Hast du das etwa aus dem Archiv mitgehen lassen?«, frage ich entsetzt und auch ein bisschen aufgeregt und gleichzeitig auch verwirrt, als er das Blatt vor uns ausbreitet. Ich verstehe nicht, woher er das hat. Ich saß doch die ganze Zeit neben ihm in der Bücherei, außer am Schluss, als ich Miss McDermott etwas fragen musste.

»Nur ausgeliehen«, sagt Danny, »ich werde es wieder zurückbringen.«

»Aber warum hast du denn nichts gesagt? Vorhin, meine ich.«

»Soweit ich mich erinnere, hattest du das Sprechen übernommen.«

Er beugt sich über den Zeitungsausschnitt, ich ebenfalls. Ich kneife die Augen zusammen, um in dem grellen Sonnenlicht etwas zu erkennen. Es ist ein ausführliches Porträt über John Butler Everlast. Ein Nachruf, ein bisschen Klatsch plus eine Liste der Personen, die ihm das letzte Geleit gegeben haben.

»Mensch, Danny.«

»Da steht, dass er 1973 gestorben ist, an einer Lungenentzündung«, sagt Danny, »und dass die Trauerfeier eine Sensation war. Es kamen tausend Menschen, steht hier, aber siehst du irgendwo den Namen von Miss Martine auf der Liste? Siehst du sie auf einem der Fotos?«

Ich überfliege die ganze Seite. Dann lese ich Buchstabe für Buchstabe jeden Namen. Danny hat recht.

»Wo war sie? Wie erklärst du dir das?«, fragt er mich.

»Ich weiß nicht.« Ich schüttle ratlos den Kopf, stütze meine Ellbogen auf die Knie und mein Kinn auf meine Fäuste. »Vielleicht haben sie gestritten, und sie war wütend? Oder sie war im Ausland? Oder krank?« Danny faltet die Zeitung zusammen. Er beugt sich vor und berührt meine Wange.

»Wir haben ein neues Indiz«, sagt er und lächelt sein weißes Lächeln.

»Ein weiteres Ticket ins Nirgendwo.«

»Wir brauchen einfach noch mehr Informationen. Je mehr, desto besser.«

Er steht auf, und ich stehe auch auf. Er geht, und ich gehe auch und denke, dass es eigentlich ganz schön ist, wenn man nicht allein geht, nicht allein steht, sich nicht allein den großen Fragen stellen muss.

»Kennst du die Geschichte von König Chlodwig?«, frage ich ihn, als wir uns der Grube nähern.

»Dank des Geschichtsunterrichts bei Mr Larson. Der Kerl strandet an einem Fluss, Blumen zeigen ihm den Weg. Lilien, stimmt's? Rettung und Flucht? Warum fragst du?«

»Na ja, Miss Martine hatte Lilien auf ihrem Debütantinnenball dabei, gelbe Schwertlilien, und gelbe Schwertlilien wachsen in sumpfigem Gelände.« Von dem Everlast-Gemälde erzähle ich jetzt nichts. Wir sind fast beim Loch angekommen, und es wäre nicht mehr genug Zeit, alles zu erklären. »Warum trägt die Tochter eines der reichsten Männer der Gegend Schwertlilien, wenn sie auch Orchideen haben könnte? Oder Rosen? Was bedeuteten diese Blumen?«

»Dass sie gelbe Schwertlilien mochte?«

»Ich weiß nicht. Vielleicht. Oder sie suchte nach einer Fluchtmöglichkeit.«

»Flucht wovor?«

»Vor all dem hier.« Ich mache eine ausholende Geste über das ganze Anwesen, und Danny schüttelt den Kopf.

»Wer möchte hier weg?«, fragt er. »Schau dich um. Schau doch. Es ist geradezu vollkommen.«

»Du bist ein komischer Kerl«, sage ich.

»Wieso das?«

»Weil die meisten Jungen das nicht bemerkt hätten.«

»Katie. Die Frau lebt allein in einem Haus auf einem Hügel, schon ihr ganzes Leben lang. Das sieht für mich nicht nach Flucht aus, eher nach einer Entscheidung.«

»Kann sein«, sage ich, bin aber nicht überzeugt. Aber wir haben keine Zeit, uns weiter darüber zu unterhalten. Wir sind wieder da, wo alles anfängt – im Lehm und bei unseren Spaten und Äxten.

18

Graben und schwitzen den lieben langen Nachmittag. Ich denke über Danny nach. Über Danny, über die neuen Indizien, über Barcelona, über eine Tochter, die nicht zur Beerdigung ihres Vaters erscheint. Über Firnis und Farben und Farben, die verschwunden sind. Über Flucht und Rettung und Miss Martine, die vielleicht, wenn sie sich sehr anstrengt, die Baugrube von dort, wo sie ist, vom Inneren ihres Hauses, sehen kann. Ihre Baugrube. Die Sonne schiebt sich zwischen den Bäumen hindurch, verbreitet beharrlich ihre Hitze, es kommt mir vor, als arbeiteten wir in einem Schmortopf. An meinen Füßen kleben Dreck, Halme und Insektenpanzer, und meine Haare unter Dannys Kappe sind eine Katastrophe. Am Ende der Schicht sind wir so müde, dass wir nur noch nach Hause wollen.

In der Küche duftet es nach Schmorbraten, aber es ist eigenartig still. Ich finde meinen Vater im Wohnzimmer auf dem Sofa, der Fernseher ist aus. Er scheint zu schlafen, aber seine Augen sind geöffnet – brillenlos starren sie zur Decke hinauf. Nach dem Tod meiner Mutter habe ich ihn wochenlang und jeden Tag in diesem Zustand erlebt. Dann hat er wieder angefangen zu arbeiten, hat angefangen zu kochen, als hätte ihn jemand aus der Ferne, hoch über uns, ins Leben zurückgestoßen.

»Alles in Ordnung?«, frage ich ihn.

Ruhig sagt er: »Hallo, Katie.«

Ich stapfe zum Sofa und setze mich an das Fußende neben seine Zehen und schnüre meine schweren alten und verdreckten Arbeitsstiefel auf, die, das habe ich mir geschworen, in den Müll wandern werden, sobald die Gartenaktion beendet ist. »Was ist los, Dad?«

»Dieses Bild«, sagt er.

Ich warte, dass er mir mehr darüber erzählt, dass er seinen Blick von der Zimmerdecke löst. Es ist viel zu heiß hier drin, was an dem Schmorbraten liegt. Schweiß rinnt mir am Hals hinab und in mein T-Shirt hinein. Ich stehe auf und reiße ein Fenster auf. »Angenommen, du wolltest Reue malen«, fragt Dad schließlich, »welches Symbol würdest du dafür verwenden?«

»Reue?« Ich bin zu verwirrt, zu müde, zu erhitzt, um mir eine Antwort zurechtzulegen.

»Dinge, die du am liebsten ungeschehen machen würdest. Wie würdest du sie malen?«

»Weiß nicht.«

»Das ist eine rhetorische Frage, Katie. Ich erwarte keine Antwort von dir.«

»Reue, das könnte ein davonfliegender Vogel sein«, denke ich laut nach, um ihm einen Gefallen zu tun, denn ich bin sicher, dass er seit Stunden hier liegt und nur darauf gewartet hat, mich zu fragen. »Oder eine Muschel, die man am Strand hat liegen lassen, oder vielleicht das letzte Blatt an einem Baum.«

»Würdest du eine perfekte Stadt mit einem schwarzbraunen Himmel darüber malen?«, fragt Dad.

»Ist das eine Fangfrage?«

»Würdest du sämtliche Fenster in dieser Stadt schwarz malen, außer einem einzigen, das hell erleuchtet ist?«

»Hast du nicht erzählt, das Gemälde drücke Everlasts Vorstellung von Ewigkeit aus?«

»Ich dachte, die Dunkelheit sei Schmutz, aber das stimmt nicht.«

»Die Stadt von Everlast ist also dunkel?«

»Dunkel, mit Ausnahme des Gartens.«

»Es gibt einen Garten?«

»Pinkfarben, gelb, grün, orange, ocker, violett, toskanisches Rot.«

»Das alles kannst du schon sehen? So viel hast du schon gearbeitet?«

»Ich sehe langsam hinter die Dinge«, korrigiert er mich, »das ist ein Unterschied.«

»Und ist der Garten *der* Garten? Der Garten von Miss Martine?«

»Das wäre sehr gut möglich.«

»Gibt es dort einen Bach?«

»Ja, ein Rinnsal von einem Bach.«

»Ist Miss Martine in dem Gemälde zu sehen?«

»Nein, zumindest habe ich sie bis jetzt nicht entdecken können.«

Ich lasse diese Informationen auf mich wirken, versuche, die Puzzlestücke zusammenzusetzen. Jetzt verstehe ich ein bisschen besser, warum Dad auf dem Sofa liegt und an die Decke gestarrt hat.

»Dad«, frage ich ihn und bemühe mich um einen möglichst ruhigen und ernsthaften Ton, »gibt es in dem Gemälde so etwas wie eine Schildkröte?«

»Eine Schildkröte?«

»Ja, eine Schildkröte, mit einem Panzer?«

»Ich habe vieles noch gar nicht einordnen können«, sagt er nach einem Augenblick, in dem er sich weder rührt noch atmet, nur daliegt und nachdenkt. »Es gibt etwas, das eine Schildkröte sein könnte. Warum fragst du?«

»Heute, im Garten, bei der Baustelle. Da hat Owen einen Schildkrötenpanzer gefunden. Er war toll, ein richtig toller Panzer – aber als ich ihn in die Hand nahm, entdeckte ich auf seiner Rückseite eine Kerbe. Als hätte sie jemand dort extra eingeritzt.«

Er lächelt.

»Wirklich, Dad.«

Er sitzt auf dem Sofa, reibt sich das Kinn und überlegt, aber ich frage nicht nach. Ein Genie darf man niemals drängen.

»Dad«, frage ich nach einer Weile, »was hältst du von einer Tochter, die nicht zur Beerdigung des eigenen Vaters geht?«

Abrupt wendet er sich mir zu, seine Entrücktheit ist verflogen. Er sieht mich eindringlich, fast beängstigend an. »Seltsame Frage. Warum fragst du so etwas?«

»Weil das bei Miss Martine so war. Everlast starb, die ganze Stadt kam zu seiner Beerdigung, nur nicht Miss Martine. Ich weiß es aus dem Archiv der Bücherei«, füge ich hinzu und lasse Dannys Anteil daran aus.

»Merkwürdig«, sagt Dad. Sein Gesichtsausdruck verändert sich, sein Blick wird unkoordiniert, denn er hat immer noch nicht entschieden, welche Brille er aufsetzen möchte. Tausend Gedanken flattern ihm durch den Kopf – ich sehe sie ihm an. Aber er blinzelt nur und verrät mir keinen einzigen davon.

»Weißt du, wann das Gemälde fertiggestellt worden ist?«, frage ich.

»Soweit ich beurteilen kann, um 1960.«

»Miss Martine ist seit 1954 nicht mehr gesehen worden.«

»Hast du das genaue Datum?«

»Reny hat etwas vom 10. September gesagt, an dem Tag habe es einen gewaltigen Sturm gegeben.«

»Nun, da haben wir die Antwort auf deine Frage, Katie D'Amore. Einsiedler gehen nicht unter Leute, auch nicht zur Beerdigung des eigenen Vaters.« Er setzt seine Füße auf den Boden, fischt eine Brille aus dem Kettenchaos an seinem Hals, setzt sie auf, sieht mich mit einem langen eigenartigen Blick an und zwinkert.

»1954«, wiederholt er, dann schweigt er.

»Ja. Genau.«

»Finde alles heraus, was du über diesen Tag finden kannst, Katie. Scheint von Bedeutung zu sein.«

»Könnte sein«, sage ich, obwohl er natürlich recht hat.

»Ich glaube, der Schmorbraten ist überfällig«, sagt er und erhebt sich schwerfällig vom Sofa. »Wirf bitte mal einen Blick darauf.«

»He«, sage ich.

»Was?«

»Danke.«

Ich merke, dass er von etwas anderem sprechen möchte, dass die Stimmung, in der ich ihn vorgefunden habe, immer noch nachklingt. Ich wechsle das Thema. »Wo ist Sammy?«

»Seine Mutter hat ihn um vier herum abgeholt.«

»Ist er immer noch dein Spitzenassistent?« Ich folge Dad in die Küche, die mittlerweile ziemlich verräuchert ist. Er macht immer noch den Eindruck, als wäre er weit fort, und ich will ihn in die Gegenwart zurückholen. »Hat er dein Frühstück gern gegessen?«

»Dreieinhalb Pfannkuchen hat er gegessen.«

»Mehr nicht?«

»Und fast meinen ganzen Sirupvorrat.«

»Er ist verrückt.«

»Er ist ein Kind, Katie.«

»Du bist wie ein Ersatzvater für ihn, Dad.«

Dad wirft mir wieder einen seiner Blicke zu, und seine Ohren röten sich ein wenig. »Ach was. Nur ein kauziger alter Wissenschaftler mit einem verrückten Job.« Er holt die Becher aus dem Küchenschrank. Ich hole die Limonade. Dann decke ich den Tisch für uns zwei. Heute Abend steht nur eine Rose in der Vase.

Die Feuchtigkeit, die schon den ganzen Tag in der Luft liegt, hat sich wie ein klebriger Film in meinem Zimmer festgesetzt. Keine Gartendüfte wehen durch das Fenster. Im Treppenhaus steht die Luft. »1954«, wiederhole ich und wälze die Jahreszahl unaufhörlich in meinem Kopf. Ich denke an die Nachforschungen, die gemacht, die Rätsel, die gelöst werden müssen. An die Stunden zwischen Jetzt und Morgen, zwischen Wissen und Nichtwissen, zwischen mir und mir mit Danny.

Ich versuche, mich abzukühlen, indem ich an die Niagarafälle, den Pazifik, an Eisbecher und Limonade denke, an den Tag, als Jessie und Ellen und ich über den Zaun der Henrys am anderen Ende der Straße geklettert und spätnachts in ihrem Schwimmbad geschwommen sind. Sie haben nie etwas davon erfahren, denn sie waren den ganzen Sommer über fort in ihrem Ferienhaus auf Aruba. Jessie machte sich über sie lustig. Ellen kletterte am nächsten Tag noch mal über den Zaun und ließ ihnen als Dankeschön einen Topf mit Blumen da.

Ich habe die Henrys nie gemocht, aber von ihrem Pool war ich in jener Nacht begeistert. Jetzt erinnere ich mich an den Park in Barcelona mit den Wasserbecken, der gleich hinter dem gotischen Viertel in der Nähe des Triumphbogens und der Bocciabahn lag, wo ein Mann mit Hut meinen Dad ansprach und ihm etwas von der Diebischkeit der Mauren erzählte. »Das kann nicht stimmen«, sagte meine Mutter, aber Dad bestand darauf, dass er ihn richtig verstanden hätte. Dad sagte, er wisse, was der Mann gesagt habe, aber das hieße nicht, dass er es auch glaube. Und dann gingen wir immer weiter, vielleicht waren wir auch umgedreht und wieder zurückgegangen, aber plötzlich gelangten wir in diesen Park der tausend Springbrunnen und tausend Kinder, die in ihren Unterhosen in den Wasserbecken planschten. Wir sahen einen glatzköpfigen Mann mit bunten Federn auf dem Kopf. Und einen anderen Mann mit einem pinkfarbenen Halstuch, der Musik mit einem Horn machte, das so lang war, dass es bis zum Boden ging und dann in einem Bogen wieder nach oben stieg.

Wir gingen weiter über einen Pfad, der sich zwischen den tausend Wasserbecken und Brunnen hindurchschlängelte, und stießen auf einen Gartenpavillon, vielleicht so groß wie der von Miss Martine, aber mit etwas erhöhtem Boden, auf dem gerade getanzt wurde. Es sah aus, als würden die Tänzer mit ihren Füßen den Boden abstauben, als gäbe es für sie keine andere Bedeutung als die des Songs, der aus dem Ghettoblaster dröhnte, den ein paar Jugendliche mitgebracht hatten. Ich sah ihnen lange Zeit zu.

Ich sah den Tänzern zu, als meine Eltern davontrieben. Als ich mich umdrehte, konnte ich sie nicht mehr sehen und ging unter Bäumen entlang, einen Treppenberg hinauf und zwischen steinernen Drachenskulpturen hindurch, aus denen hoch das Wasser spritzte. Dann ging ich die Steine hinab, unter blühenden Bäumen hindurch, an ein paar Katzen vorbei. Ich fand sie schließlich weiter unten, wo eine Hochzeit stattfand oder gerade stattgefunden hatte. Meine Mutter saß auf einer Bank, neben ihr mein Vater, beide beobachteten die Braut und den Bräutigam, die am Rand eines Teichs standen, dessen Wasseroberfläche so still war, dass ich hätte schwören können, dass es ein Spiegel war. Ich sah meine Mutter eine Blüte von einem Baum pflücken. Ich sah sie aufstehen, die Blüte der Braut überreichen und den Kopf neigen. Ich sah sie zur Bank zurückgehen, sich neben meinen Dad setzen und sah, wie sie fragte: »Würdest du mich noch einmal heiraten, Jimmy?«

»Sofort«, sagte er, »das weißt du doch.«

»Ich möchte nichts davon zurücknehmen«, sagte Mom, und vielleicht weiß ich nicht, wie Reue in einem Gemälde ausgedrückt wird, vielleicht finde ich über Miss Martine nichts heraus, vielleicht kann ich meinen Dad nicht vor Traurigkeit bewahren, aber vielleicht muss so viel Zeit verstreichen, um zu verstehen, wie Schönheit und Traurigkeit zusammenhängen. Meine Augen sind schwer, und die Luft ist immer noch heiß. Vielleicht träume ich schon.

19

Sammy sitzt auf zwei dicken Telefonbüchern. Jetzt haut er seine Gabel in den French Toast und ruckelt so lange daran herum, bis ein Stück davon abbricht. Er zieht es durch den Sirupsee auf seinem Teller.

»Du bist heute früh dran, Sammy«, sage ich und schaue Dad an.

»Mein Dad hat mich gebracht.«

»Dein Dad?«

»Mhm. Er musste zum Flughafen.« Sammy hat ein Fan-Shirt von den Philadelphia Phillies an und rote Shorts. Seine Blinkersneaker kicken die Luft über dem Boden.

»Wie geht's meiner Detektivin?«, sagt Dad schließlich und reicht mir einen Teller mit einem French Toast. »Es gibt noch viel mehr, wenn du willst«, sagt er.

»Danke, das reicht.« Ich seufze und setze mich zwischen Sammy und Dad. Ich streiche mir die Haare aus dem Gesicht.

»Sammy hat mir Geschichten erzählt«, sagt Dad.

»Mhm.« Der Toast schmeckt gut.

»Super gelber Schussvogel«, sagt Sammy. Er richtet seine Gabel nach oben und fängt an, damit im Kreis zu schwingen, wobei er buttrige Sirupklumpen im Raum verteilt.

»Was hast du gesagt?«, frage ich.

»Brrrrrr«, sagt Sammy laut wie eine Bohrmaschine, »brrrrrrrrr.« Er sticht mit der Gabel wild in die Luft, seine

Unterlippe ist hervorgestülpt und vibriert. Ich starre ihn an und überlege, was er gesehen hat, ob der Fink jetzt auch an sein Kinderzimmerfenster klopft.

»Ich glaube, Katie hat dich verstanden«, sagt Dad und berührt Sammys Hand, um die Vorführung zu beenden.

»Wo ist der Vogel, Sammy?«, frage ich.

»Draußen.« Er sticht mit der Gabel in Richtung Fenster.

»Wo draußen?«

»*Draußen* draußen.« Er zeigt wieder zum Fenster, dann steckt er die Gabel in seinen Mund und kaut mit lauten Schmatzgeräuschen. Man sieht seine Zähne. Sie sind winzig, aber stark.

»Zeigst du mir, wo?«

»Katie«, sagt Dad, »ich habe es gerade geschafft, dass er sich hinsetzt. Und du hast dein Frühstück kaum angerührt.«

»Okay, zeigst du es mir nach dem Essen?« Ich sehe Dad mit einem Ich-weiß-was-ich-tue-Blick an. Jetzt ist er es, der sich ärgert.

»Ich kann es dir gleich zeigen!«, schreit Sammy und schmeißt die Gabel auf seinen Teller. Er hüpft von den Telefonbüchern herunter und rennt zur Tür. Dad stützt seinen Kopf in die Hände.

»Tut mir leid, Dad«, sage ich. »Wir sind gleich wieder da, versprochen.« Ich schiebe meinen Stuhl zurück und renne hinter Sammy her, der schon die Tür hinter sich zugeknallt hat. Draußen in der Einfahrt stampft er im Kreis herum und wartet darauf, dass ich mich neben ihn stelle.

»Dort drüben«, sagt er jetzt und zeigt in die Luft, aber nicht zu seinem Haus, sondern zu unserem, oder, um genau zu sein, zum Schlafzimmerfenster meiner Eltern. Ich folge seiner Hand mit den Augen, kein Zweifel, er zeigt genau dort hin. Er stampft wieder mit den Füßen herum, Mission beendet. Ich lege beide Hände auf seine kleinen kräftigen Schultern, bis er mich schließlich ansieht.

»Sammy, sag mir genau, was du meinst.«

»Super gelber Schussvogel, macht brrrrrrr brrrrrrrrrrr brrrrrrrrr am Fenster.«

»An diesem Fenster?« Ich zeige auf das Schlafzimmerfenster meiner Eltern.

»Genau.«

»Wann?«

»Als mein Dad mich gebracht hat.«

»Also heute Morgen, Sammy? Ganz früh?«

»Heute!«, schreit er. »Heute! Heute!« Dieses Kind lügt ganz bestimmt nicht, und plötzlich begreife ich. Der Fenstervogel ist ein Bote. Er will mir etwas sagen.

»Mensch, du bist wirklich ein Spitzenassistent«, sage ich zu Sammy, und er lächelt von einem Ohr zum andern, sodass seine Babyzähne zu sehen sind, und wackelt mit seinen Schultern, sodass meine Hände herunterrutschen.

»Ich besitze Superheldenkräfte«, sagt er.

»Das merke ich.«

Er nickt heftig. »In echt.«

»Komm, wir gehen hinein und frühstücken zu Ende«, sage ich. »Mein Dad braucht einen gestärkten Mitarbeiter.«

»Gestärkt?«, fragt Sammy und kräuselt die Nase. Er dreht sich um und marschiert über die Einfahrt und ins Haus hinein.

»Superheld plus«, sage ich.

20

In der angenehmen Tageszeit, wenn die Sonne wohlig auf die Haut brennt, macht es mir nichts aus, auf der Büchereitreppe zu sitzen und dem Verkehr zuzusehen. Es macht mir auch nichts aus, zu spät zur Baugrube zu kommen oder mir von Old Olsen eine Standpauke einzuholen. Es macht mir nichts aus, die Wolken auseinanderreißen und vorbeiziehen zu sehen. Manchmal sieht es aus, als sende der Himmel Signale aus, und manchmal ist der Himmel durch und durch blau. Es ist schön, morgens hier zu sitzen, ganz allein. Schönheit und Traurigkeit. Flucht und Rettung. Ich glaube, dort verläuft die Linie zwischen dem, was ist, und dem, was noch nicht geschehen ist.

Es ist kurz nach halb neun. Ein roter Sportwagen nähert sich und biegt auf den Büchereiparkplatz ein. Ein paar Minuten später höre ich das *Klackklack* von Miss McDermotts großen Flareheel-Sandalen. Sie hat jeden einzelnen Zehennagel in einem anderen Rotton lackiert, passend zu ihrem Rock, der wie ein Flamencokostüm aussieht: die Farben der Abendsonne, schwarz eingefasst und von einer unglaublichen Stofffülle, die sich um ihre Beine windet und wickelt. Ihr schwarzes Top liegt wie eine zweite Haut an. Sie schiebt ihre Sonnenbrille hoch, und ihre Haare fallen nun anders, und indem sie den Arm bewegt, rutscht ihre große Tasche in ihre Armbeuge hinab.

»Katie D'Amore«, sagt sie und beschattet ihre Augen mit der Hand. »So früh heute?« Sie klimpert mit ihrem Schlüsselbund eine kleine Melodie und wird einen Augenblick lang vom Sonnenlicht eingerahmt.

»Tut mir leid«, sage ich.

»Schon gut«, sagt sie. Sie geht die Treppe hinauf, ihre weiten Rockschöße schlagen wie Flügel, und ich stehe auf und gehe hinter ihr her und warte, dass sie die Tür aufschließt. Wir sind die Einzigen in der Bücherei – wir und eine ganze Welt von Büchern. Unter dem Einwurfschlitz in der Tür steht eine Wanne mit zurückgegebenen Büchern. Sie sieht sie kurz durch, knipst die Lichter an, geht zur Theke.

»So, und was bringt dich zu dieser frühen Stunde in unsere heiligen Hallen?«, will sie wissen. Sie geht vor mir her, und das ist mir recht, denn mir ist mein eigener Anblick peinlich, in der verdreckten Arbeitskleidung.

»Ein Datum«, sage ich.

»Ein Datum? Oder ein bestimmtes Jahr?«, fragt sie.

Ich erröte. »Letzteres.«

Sie ist auf ihre Seite der Theke gegangen und hat den Schlüsselbund in ihre Tasche geworfen. Jetzt setzt sie die Sonnenbrille ab und eine Lesebrille auf und zieht an dem einen Schuh die Schnalle fest. »Mode bringt einen um«, sagt sie. Sie stellt sich aufrecht hin und hebt prüfend den Fuß. Der Rock schwingt vor und wieder zurück. Eigentlich gehört sie auf die Fifth Avenue und nicht in dieses Nest. Vor allem nicht allein.

»Keine Ahnung«, sage ich, und obwohl ich das nur dahingesagt habe, bleibt sie stehen und mustert mich lange von Kopf bis Fuß. Ich, wie aus einer Erdhöhle gekrochen, in

Arbeitsstiefeln und Khakihosen, verwaschenem T-Shirt und Dannys Kappe, unter der meine Haare verborgen sind.

»Du könntest Ahnung davon haben, wenn du nur wolltest, Katie. Dir würde alles gut stehen.«

Ich sehe an mir herab, reibe an einem Fleck auf meinem T-Shirt und streiche mir eine Haarsträhne aus dem Gesicht. »Sie sind eine ungewöhnliche Bibliothekarin«, sage ich.

»Ja«, sagt sie und lächelt, »das habe ich schon öfter gehört.«

»Ich meine, Sie machen sich immer so schick, und ihre einzigen Zuschauer sind die Bücher.« Ich nicke zu den Bücherregalen und verlagere mein Gewicht. Der eine Stiefel knarrt ein wenig. Ich drehe mich um und bemerke, dass sie mich ansieht. Über ihre Augenbrauen haben sich zwei s-förmige Falten gelegt.

»Eigentlich wollte ich etwas anderes werden«, sagt sie schließlich. »Das Leben geht nicht immer den geplanten Weg.«

»Ach.« Ich stemme meine Ellbogen auf die Theke zwischen uns und stütze meinen Kopf auf die Hände. Also umgibt auch Miss McDermott ein Geheimnis. »Was ist geschehen? Ich meine, wenn Sie es mir sagen wollen«, frage ich zaghaft.

»Jemand hat mir das Herz gebrochen«, sagt sie, einfach so, ohne ins Detail zu gehen. »Bücher haben mich gerettet, also bin ich Bibliothekarin geworden.«

»Einfach so?«

»Nein, Katie, das nicht. Heilen dauert seine Zeit. Auch dem Leben eine neue Richtung zu geben. Es dauert auch lange, bis man sich selbst wieder gefunden hat.«

»Aber Sie sind gern Bibliothekarin?«

»Ja.«

Ich nicke und möchte gern noch mehr erfahren – wer ihr das Herz gebrochen hat, wer ihr Leben verändert hat, ob sie den Schmerz überwunden hat, ob man ihn überhaupt überwinden kann, ob sie sich wieder verliebt hat. Aber es gibt Linien, die nicht überschritten werden dürfen, und die Geheimnisse von Menschen bleiben so lange ihr Geheimnis, bis sie freigegeben werden.

»Du hast eine Jahreszahl erwähnt?«, fragt sie nun.

»1954.«

»Ach ja«, sagt sie.

»Aber ich habe jetzt auch ein genaues Datum, Miss McDermott. Der 10. September 1954.«

»Du bist wirklich eine Meisterdetektivin«, sagt sie und kommt hochhackig auf mich zu. Ihr Rock macht ein Geräusch wie Bettlaken, die im Wind trocknen.

»Ob Sie mir wohl helfen können?«

»Ich habe eine Idee, wo wir suchen können. Komm, wir schauen mal, was wir finden.« Sie geht zum Raum mit den Mikrofilmen, und ich folge ihr. Dort angekommen, knipst sie das Licht an und holt von ganz oben eine blaue Schachtel, auf der *Main Line Now,* der Name unserer Regionalzeitung, steht. Sie zieht sie zu sich her und klappt gleichzeitig den Deckel hoch und holt einen breiten braunen Filmstreifen heraus, den sie in das Lesegerät einfädelt. Sie drückt einen Knopf, es knackst, und dann blitzt Seite um Seite der Zeitung auf.

»Einfach schrecklich«, sagt sie und meint das Surren und Stöhnen des Lesegeräts.

»Irgendwie unheimlich«, sage ich.

»Aber es funktioniert wenigstens.« Jetzt nähert sich der Film dem Jahr 1954, und nachdem sie bis dahin das Jahrhundert hat vorbeirauschen lassen, lässt sie nun langsamer Seite um Seite vorbeiziehen. Der Monat Mai, der Juni, der Juli und der August fahren durch. Miss McDermott stellt auf manuelle Suche und dreht bis zum 9. September 1954 weiter. Ein ganzer Tag läuft vorüber, dann noch einer, und dann sind wir beim 11. September.

»Über den Tag davor wird am Tag danach berichtet«, sagt sie, »zumindest in dieser Zeitung.« Sie streicht sich die Haare aus dem Gesicht, dreht sie auf einer Seite zusammen und setzt ihre Brille auf. »Also, schau dir das an«, sagt sie, aber ich habe mich schon in die Seite vertieft.

»Der Tag des Sturms«, sage ich.

»Der Sturm«, wiederholt sie.

»Ein Sturm wie eine Bowlingkugel«, sage ich, Renys alten Spruch wiederholend.

»Und was bedeutet das in Bezug auf Miss Martine?«, fragt Miss McDermott.

»Ich weiß nicht. Also, ich weiß es noch nicht.«

»Alles braucht seine Zeit«, sagt sie.

Ich nicke. »Ja, wahrscheinlich.«

»Hol mich, wenn du fertig bist, okay?« Sie geht wieder zu ihrer Theke – ganz Anmut und Stil. Ich wette, sie war einmal Tänzerin.

Es stellt sich heraus, dass der Sturm der Aufmacher ist. Er war so schlimm, wie Reny erzählt hat, sogar noch schlimmer. Die Fotos auf dem Mikrofilm sind verwaschen, die Überschriften klingen dramatisch. Man sieht einen Lastkahn, der sich losgerissen hat und an einem Stauwehr zertrümmert ist. Auf einem anderen Bild sieht man Kühe auf einer überschwemmten Weide, die bis zu den Knien im Wasser stehen. Schuppen, die von Baumstämmen eingedrückt worden sind, eine Scheune, die Feuer gefangen hat. Neben dem Hauptartikel stehen kleinere Geschichten: von einem Kind, das von einem Hund gerettet worden ist, einer alten Dame, die sich auf eine Planke gerettet und eine ganze Meile auf einer Straße zurückgelegt hat, weil die Straße sich in einen reißenden Fluss verwandelt hatte.

Ich suche nach Meldungen über die Everlasts und kann nichts finden. Ich suche nach Fotos von ihrem Anwesen, aber was immer in dieser Nacht passiert ist, es ist nicht passiert, oder wenn, dann hat niemand es gesehen oder davon berichtet. Oder es war eben nicht so wichtig wie die Geschichte auf Seite drei von dem Zug nach Richmond, der aus den Gleisen gesprungen und umgekippt ist und der von oben wie ein verkrumpeltes J aussieht. FÜNF TOTE lautet die Schlagzeile, und ich suche mit angehaltenem Atem nach den Namen der Verstorbenen und finde sie schließlich – Hauptman, Wachtner, Stentson, Long, Clancy –, kein Everlast, keine Miss Martine, trotzdem suche ich die Zeitung weiter durch, bis sich das Zimmer vom eiligen Rattern und Anhalten und Weiterrattern der Maschine aufgeheizt hat. Nichts. Die Frage, wie und warum Miss Martine verschwunden ist, wird in dieser Zeitung nicht beantwortet. Sie ist nicht unter den Toten, aber auch nicht unter den Lebenden.

Ich spule den Mikrofilm zurück und lasse ihn aus dem Lesegerät schnappen. Ich knipse das Licht in dem kleinen

Zimmer aus und mache mich auf die Suche nach Miss McDermott. Ich sehe sie drüben bei den Bücherstapeln, sie hilft einem Mann bei der Suche nach einem Buch. Sie sieht mich, ich winke und lege den Film auf die Theke. Ich gehe in die brütende Hitze hinaus.

21

Komisch. Es macht nichts, dass ich zu spät komme. Als ich zum Anwesen komme, ist niemand zu sehen. Old Olsen hat die Grube mit einem Warnband abgesperrt und den anderen gesagt, sie sollten nach Hause gehen. Als ich den Abhang hinuntereile, schnaufen mir Reny und Ida entgegen. Ida sagt: »Musst dich gar nicht beeilen«, und Reny sagt: »Tu doch nicht, als ob das schlimm wäre. Freu dich über den freien Tag, Mädchen. Ein Tag bezahlter Urlaub.«

Ich höre sie sprechen, habe aber keine Lust stehen zu bleiben – ich winke ihnen zu, gehe weiter den Hügel hinunter und höre, wie Ida mir anklagend nachruft: »Ihr jungen Leute meint immer, ihr wüsstet so viel. Ich habe gesagt, du musst dich nicht beeilen.« Jetzt kann ich die Baugrube sehen. Sie ist rundum mit gelbem Band abgesperrt, wie der Ort eines Verbrechens. Old Olsen steht mit verknoteten Armen davor und spricht mit Danny. Owen schultert gerade seinen Rucksack, der aussieht, als wäre nur noch Proviant darin und kein Schildkrötenpanzer mehr. Als ich an die Stelle mit den Trittsteinen am Bach komme, kommt mir Owen entgegen.

»Hast du schon gehört, Mädchen?«, ruft er.

»Freier Tag?«

Er setzt einen Fuß auf den ersten Stein, rückt seinen Rucksack zurecht und tritt auf den zweiten Stein. »Cool, was?«

»Was ist eigentlich los?«

»Weiß nicht«, sagt er und ist schon halb über den Bach. »Frag Old Olsen. Er hat nur gesagt, dass Miss Martine sich anders entschieden hat. Gartenlaube ade. Morgen wird wieder Unkraut gerupft.«

»Keine Gartenlaube? Das ist komisch.«

Die Riemen von Owens Rucksack liegen straff über seinen Lacrosse-Schultern. »Ich finde es super«, sagt er. »Außer, dass meine Mutter uns jetzt abholen muss.«

»Ihr bräuchtet ein drittes Auto.«

»Wem sagst du das! Aber es gibt ein kleines Problem bei der Sache, Mädchen: Mein Dad ist der reichste Geizhals, den ich kenne.« Er lacht und gräbt in seiner Tasche nach seinem Handy. »Gehst du wieder rauf?«, fragt er.

»Gleich«, sage ich, »erst will ich Danny fragen, was Old Olsen zu sagen hat.«

Am anderen Ufer hat Old Olsen immer noch die Arme gekreuzt. Dannys Gesicht kann ich unter der Kappe nicht genau entschlüsseln.

»Dann bis morgen.«

»Ja, bis morgen.«

»Arbeite nicht so viel.« Er lacht.

»Wo denkst du hin.«

Er beugt sich leicht vor, weil der Abhang steiler wird. Ida und Reny sind nicht mehr zu sehen.

Es dauert eine Weile, bis Danny und Old Olsen ihr Gespräch beendet haben. Old Olsen steht noch in derselben Haltung da. »Hallo«, sagt Danny, als er mich bemerkt.

»Was gibt's?«, frage ich.

»Heute ist frei.«

»Schon gehört.«

»Ich finde das sehr verdächtig.« Er zieht mich zu sich her und flüstert etwas in meine Kappe, aber ich verstehe nichts und drehe mich zu ihm um und blicke ihm fragend in die Augen. Er sagt, er will es mir später erzählen. Wir gehen jetzt am Bach entlang, immer im Schatten, dann um den Hügel herum, wir entfernen uns immer weiter von Old Olsen. Danny spricht nichts, und ich warte. Er ist nah, ganz nah bei mir und möchte gerade etwas sagen – das spüre ich –, als Peter mit seinem kleinen Cart vorbeifährt. Er hat den weißen Hut tief in die Stirn gezogen, als ginge er auf eine Safari. Als er vorbei ist, drehe ich mich zu Danny um – jetzt erzähl –, aber zu spät: Yvonne tritt hinter einem Baum hervor und winkt uns freundlich zu. Als wir zum Eingangstor kommen, steht Mrs Santopolo mit ihrem champagnerfarbenen BMW da und sieht aus, als hätte sie es sehr eilig. Danny fängt an zu rennen.

»Ich muss los«, sagt er.

Ich rufe ihm nach. »Danny?«

»Warte hier auf mich«, sagt er, »heute Abend. Nach Einbruch der Dunkelheit.«

»Hier? Meinst du wirklich hier?« Halb flüstere ich, halb rufe ich, sodass jemand, der mich hören will, es hören kann.

»Sehe ich aus, als wollte ich dich veralbern?« Nein, so sieht er wirklich nicht aus. Er sieht aus, als meinte er, was er sagt, und als sei er froh, dass er mit mir die Schattenlinie gegangen ist.

22

Fahrradfahren im Dunkeln ist nicht dasselbe wie Fahrradfahren am Tag. Man hat ein anderes Geschwindigkeitsgefühl, schwebt durch die Dunkelheit, und die Rehe unter den Bäumen erstarren, bis man vorüber ist. Heute Abend ist es nicht mehr so heiß. Meine Haare flattern im Fahrtwind. Ich kann nicht jede einzelne Unebenheit und Kurve erkennen, aber ich kenne die Straße in- und auswendig, außerdem leuchten die Sterne, und der Mond ist am Zunehmen. Jetzt biege ich zu Miss Martine ab und bremse im Dunkeln meinen Silberpfeil. Dad ist in seinem Atelier. Beim Essen hat er bekannt gegeben, das Gemälde sei ohne jeden Zweifel John Butler Everlasts Darstellung seiner tiefsten Reue. Er hat gesagt, er wolle es mit seinen tausend Brillen noch einmal ganz genau untersuchen, und ich habe gesagt, das fände ich cool, und ich würde später zu ihm reinschauen, aber zuerst eine Runde um den Block fahren. »Dauert nicht lang«, habe ich gesagt. »Pass auf dich auf«, hat er gesagt. Er hat keine einzige Frage gestellt, sich auch nicht nach meinen Nachforschungen erkundigt. Das könnte daran liegen, dass er immer noch verwirrt ist, aber es hat auch damit zu tun, dass er sich nie viel Sorgen um mich machen musste. Mom sagte immer, es lohne sich, Verantwortung zu tragen, und je älter ich werde, desto mehr erkenne ich, dass sie recht hatte.

Ich bin als Erste da. Zumindest sehe ich Danny nicht, sehe

nur das Licht in dem einen Fenster von Miss Martine. Ich sehe es mir sehr lange an. Nichts regt sich. Nichts bewegt sich davor oder dahinter, das Zimmer verändert nicht seine Farbe wie Zimmer, in denen ein Fernseher läuft, und ich höre auch keine Musik, nur den Gesang der Frösche unten am Bach und die Grillen, und dann denke ich, dass es vielleicht Zikaden sind, und als ich genauer darüber nachdenke, höre ich, wie in den Bäumen etwas herumwurstelt – Eichhörnchen wahrscheinlich oder Vögel. In Old Olsens Haus brennen Lichter, aber nur ein paar im Obergeschoss, und wenn Danny und ich uns an den Bachweg halten, dürften wir unentdeckt bleiben. Ich lege mein Rad neben einen Steinpfosten ins Gras. Ich beobachte die Straße, halte Ausschau nach Danny. Jetzt höre ich Schritte, in der Dunkelheit bewegt sich etwas. Mein Herz schlägt mir bis zum Hals, es ist dunkel, und ich warte, und dann denke ich, dass Danny doch nicht kommt, aber jetzt höre ich ein Geräusch, und da ist er.

»Du bist zu Fuß?«, flüstere ich heiser.

»Ging nicht anders. Meine Eltern sind ausgegangen, und außerdem wollte ich ihnen nichts sagen.« Er trägt Laufschuhe, und aus der Hintertasche seiner Jeans guckt der Schirm seiner Kappe hervor.

»Aha«, sage ich und überlege, ob er mein Herzklopfen hört. Wenn er lächelt, geht ein zweiter Mond am Himmel auf und leuchtet so hell, dass ich Angst habe, Old Olsen könnte es sehen, wenn er in einem seiner Zimmer sitzt und hinausschaut, und dass Miss Martine, wo immer sie auch sein mag, es auch sieht. Wir gehen durch das Tor, das dürfen wir eigentlich nicht, aber ich würde um nichts in der Welt tauschen.

»Was hast du vor?«, flüstere ich.

»Wir gehen nach Gefühl vor«, sagt er. Er legt seinen Arm um mich, und wir tauchen Seite an Seite in die tiefste Dunkelheit ein, halten uns möglichst nah am Rand des Grundstücks und möglichst weit entfernt von den beiden Häusern, bis wir auf den Bach stoßen, wo dieser eine Biegung macht. Die Bäume über uns sind groß und dunkel, bestimmt gibt es hier Eichhörnchen, vielleicht auch Waschbären, und die Farne sehen aus, als würden sie beten, Augen geschlossen, Köpfe geneigt. Ich lausche den Vögeln und dem Bach. Ich lasse Old Olsens Haus nicht aus den Augen, wo dieselben Lichter in denselben Fenstern leuchten und wo noch keine Tür aufgeflogen ist.

»Danny«, flüstere ich, »wohin gehen wir?«

»Sag nur, du hast das nicht schon längst rausgekriegt«, sagt er und zieht mich enger an sich, und ich denke, wie schon zuvor, wie schrecklich deprimierend es ist, dass er in zwei Wochen zur Boston University geht. Aber jetzt ist er hier, sein Arm liegt auf meiner Schulter, mit genau dem richtigen Gewicht, ohne Kappe sind seine Haare so lockig, am liebsten möchte ich sie berühren. »Warst du heute in der Bücherei?«, fragt er.

»Ja.«

»Und – irgendwas gefunden?«

»Nicht viel«, erzähle ich. »Nichts, was uns weiterbringt.« Wir haben die Stelle erreicht, wo die Brücke über den Bach führt, die extra für das Golfcart gebaut worden ist. An dieser Stelle ist der Bach am breitesten und die Brunnenkresse am dichtesten und die Frösche am lautesten, und als wir die Holzplanken betreten, fängt eine Planke an zu klappern. Danny erstarrt und wartet, bis das Geräusch verklungen ist.

Wir schauen beide zu Old Olsens Haus, warten, dass ein Licht angeht, eine Tür zugeschlagen wird, aber nichts dergleichen geschieht. »Er hat nichts gemerkt«, sagt Danny.

»Ich kann es immer noch nicht fassen.«

Von der Brücke aus sehe ich den Mond, der sich zwischen zwei dicken Ästen eines Baums hat hinunterfallen lassen und nun auf der Wasseroberfläche treiben lässt. Und wie er daliegt, fahl und moosgrün, und sich nicht rührt oder nur ein kleines bisschen – je nachdem, wie man ihn betrachtet, sieht er eher oval als rund aus. »Der Mond begleitet uns«, sagt Danny, und ich sage: »Sagst du es mir jetzt?«, weil wir immer noch auf der Brücke stehen und noch nicht weitergegangen sind. Danny nimmt seinen Arm von meiner Schulter. Ich zittre leicht und lehne mich an ihn.

»Also gut«, sagt Danny und seufzt, als wollte er zu einer längeren Geschichte ausholen. Ich warte. Ich finde es schön, so nah neben ihm zu stehen. Ich warte gern. »Ich bin heute Morgen ganz früh hier gewesen, okay? Bevor Old Olsen hier war.«

»Und wie?«

»Wie was?«

»Wie bist du so früh hergekommen?«

»Mein Dad«, sagt Danny, »aber darum geht es nicht. Die Sache ist die, ich bin zur Grube und habe ein bisschen gegraben.«

»Mensch, Danny.«

»Was?«

»Also, das war ziemlich riskant, oder?«

»Kann schon sein.«

»Man hätte dich sehen können – Yvonne. Peter. Amy. Old

Olsen. Reny. Ida. Jeder. Sogar Miss Martine.« Danny ist so groß, dass ich zu ihm aufblicken muss, aber er hat sich abgewandt und sieht auf den Bach und den ins Nirgendwo treibenden Mond.

»Willst du wissen, was da ist, oder nicht?«, fragt er.

»Ich will es wissen.«

»Willst du erst raten?«

»Ich hab keine Ahnung.«

»Ein großer Koffer.«

»Was?« Ich trete zur Seite, um ihn besser ansehen zu können – ich will sehen, ob das ein Scherz ist oder er es ernst meint. Eine Holzplanke ächzt. Ich schaue schnell zum Olsen-Haus. Nichts. Ich schaue wieder auf Danny und warte. Wieder.

»Genau, was ich gesagt habe, ein Koffer. So ein großer alter Schrankkoffer wie in den alten Schwarz-Weiß-Filmen. Mit denen die Leute früher in Zügen oder Dampfschiffen gereist sind.«

»Ein richtiger Schrankkoffer?«, sage ich und versuche mir vorzustellen, was das bedeutet. Ich lehne mich enger an Danny.

»Groß und aus Leder, soweit ich sehen konnte. Tief in der Erde, aber hundertprozentig da. Ich konnte ihn mit den Händen tasten.«

»Dann ging es beim Graben gar nicht um das Fundament für eine Gartenlaube«, sage ich.

»Glaube ich auch.«

»Wir sollten diesen Koffer ausgraben. Bezahlte Muskelkraft, um ein Stück Vergangenheit auszugraben.«

»Das denke ich auch.«

Ich male mir das Ding in der Erde aus und wie Danny es mit seinen Fingern abtastet. Was es enthalten mag? Schmuck? Pelze? Goldbarren? Eine Leiche? Was könnte Old Olsen damit wollen, oder Miss Martine?

»Also, das wollte ich dir sagen«, sagt Danny und zieht mich so nah an sich, wie ich noch nie einem Jungen gewesen bin. Ich recke mein Kinn, und er sieht mir direkt in die Augen – ein gezielter Schuss in meine Seele. Ich möchte schlucken, aber mein Herz schlägt mir bis zum Hals und schlägt so wild wie die Flügel des seltsamen Hammerfinken. Danny streicht mir die Haarsträhnen aus dem Gesicht. »Katie«, sagt er, und das klingt ganz anders, als wenn er »Mädchen« oder sonst etwas zu mir sagt. »Wieso warst du nie bei mir in der Klasse? Wieso habe ich dich verpasst?«

»Wahrscheinlich habe ich zu viele Leistungskurse belegt«, sage ich lächelnd.

Er lacht. »Ja. Voll die Streberin.« Er sieht mich immer noch an.

»Du gehst fort«, sage ich, »zur BU, in zwei Wochen.«

»Schon möglich.«

»Das ist echt beknackt.«

»Schon möglich.«

»Ich hasse Abschiede.« Ich merke, dass ich gleich losheulen muss, so etwas Blödes.

»Zwei Wochen sind vierzehn Tage«, sagt Danny und zieht mich noch näher an sich.

»Ja, aber das ist trotzdem beknackt.«

Er nimmt seinen Arm von meiner Schulter und nimmt meine Hände. Seine Hände sind groß, seine Daumen sind rau von der Arbeit, seine Hände fühlen sich gut an auf meinen

Händen. Er beugt sich herab, ich strecke mich hinauf, und unsere Lippen treffen sich in einem zarten Kuss. Danny Santopolo hat schon oft geküsst, merke ich. Er lässt den Kuss eine Ewigkeit dauern, bis ich schließlich auf meine richtige Körpergröße zurückfalle.

»Der Mond ist cool«, sagt er schließlich und sieht zum Bach und legt seinen Arm wieder auf meine Schulter.

»Ja.« Mein Finkenherz schlägt. Mehr bringe ich nicht heraus.

Er legt meine Hand in seine Hand und zieht sie an seine Lippen. »Willst du dir den Koffer mal ansehen?«

23

Die Lichter brennen noch, als ich mit dem Fahrrad an Sammy Macks Haus vorbei in unsere Einfahrt einbiege. Dad hat das Atelier voll ausgestrahlt, die reinste Festbeleuchtung. Auf seinem Nasenrücken sitzen zwei verschiedene Brillen. Es ist fast elf, er sieht nicht auf, als ich an die Tür klopfe, dreht sich auch nicht um, als ich Hallo sage. Mir kommt es vor, als sei ich jahrelang fort gewesen – mein Kopf und mein Körper befinden sich in verschiedenen Welten.

»Hallo«, sage ich.

»Hallo, Kleine.« Er dreht sich nicht um. »Wie war's?«

»Mhm.« Mit den Fingerspitzen streiche ich meine Haare glatt und schlucke eine Portion Luft, damit mein Herz sich beruhigt. Irgendwo da draußen geht Danny gerade nach Hause, und bei Miss Martine ist ein Koffer vergraben – ein Schrankkoffer, ich habe ihn mit eigenen Augen gesehen. Danny hat seine Hand auf meine Hand gelegt und mit mir im Dunkeln die Umrisse abgetastet. »Ich habe Old Olsen gefragt, was das sei«, hat Danny erzählt. »Er wollte nicht zugeben, dass da überhaupt etwas liegt.«

»Und? Willst du hören, was es Neues gibt?«, fragt Dad und holt mich wieder in die Gegenwart zurück.

»Klar, was gibt es denn?«, frage ich.

»Scheint dich nicht besonders zu interessieren.«

»Ich war lang unterwegs. Tut mir leid«, sage ich und gehe

zu ihm, schlängle mich zwischen den vielen Leuchten hindurch und stelle mich neben ihn. Er sitzt auf seinem Hocker vor der Everlast-Leinwand, zu seinen Füßen steht der Kasten mit den Pigmentfarben, daneben, auf der schwarzen Ablage einer Staffelei eine Kaffeedose mit Pinseln. Dad könnte in jeder Castingshow als verrückter Professor durchgehen. »Wirklich«, sage ich, »was gibt's Neues?«

»In der John-Butler-Everlast-Version von Reue haben wir eine geschwärzte Stadt und einen Garten«, sagt Dad und macht vor der Leinwand eine wischende Bewegung, seine Art, etwas hervorzuheben. Er sieht mich an, und ich nicke. »Das hast du ja bereits gesehen«, sagt er.

»Das ist richtig.«

»Und in diesem Garten ist Licht. Helle Grüntöne, helles Gelb und ein helles Rosa. Auch das hast du bereits gesehen.« Er spricht wie ein Zauberer, der im Begriff ist, ein Kaninchen aus seinem Hut zu ziehen.

»Kapiert.«

»Und was denkst du, finden wir sonst noch in diesem Garten?«

»Einen *Schrankkoffer*?«, sage ich beinahe, weiß aber gar nicht, wie ich mit der Geschichte anfangen soll. »Weiß nicht.«

Er nimmt die obere Brille von seiner Nase und setzt sie mir auf. Alles sieht plötzlich zehnmal größer aus. Mir wird ein bisschen schwindelig. »Einen Panzer«, sage ich schließlich, denn jetzt kann ich ihn sehen – kaum vorhanden, aber trotzdem deutlich erkennbar. Am Stamm eines ausladenden Baums hängt ein Schildkrötenpanzer, genau da, wo der unterste Ast herauswächst und nach oben weist. »Der Panzer, von dem ich dir erzählt habe.«

»Der Kerl hatte Weitblick«, sagt Dad.

»Ja«, sage ich und spüre mein Herz wieder losgehen. Ich denke an Owens Fund, an Dannys Kuss, denke an die Brücke, den Koffer, die Dunkelheit, Miss Martine und ihr Haus mit dem einsamen Licht, an Old Olsen, der schweigt und leugnet. Der Sturm und der Tag nach dem Sturm.

»Was hätte ich nicht darum gegeben, auf einer von Everlasts Vorstandssitzungen teilzunehmen«, sagt Dad weiter. »Das muss absolut einzigartig gewesen sein.«

»Was meinst du damit?«

»Na ja, ich habe heute einen kleinen Ausflug gemacht.«

»Du hast tatsächlich das Haus verlassen?«

»Ist mein Leben so langweilig, dass dir ein kleiner Ausflug schon aufregend erscheint?«

»Tut mir leid.«

»Ich war nur drüben bei Quality Chemicals«, fuhr er fort. »Ich durfte das Archiv einsehen.«

»Cool.«

»Willst du hören, was dabei herauskam?«

»Klar.«

»John Butler Everlast nahm auf dem Höhepunkt seiner Karriere eine Auszeit. Er übergab die Geschäftsführung seinem Finanzchef, was der Firma, wie sich herausstellen sollte, nicht gut bekam.«

»Wann war das?«

»Der Urlaub? Ja, das ist eigenartig. Er begann im September 1954 und dauerte ein ganzes Jahr.«

»Ist im Archiv dokumentiert, warum er fortging?«

»Dort steht, wegen Familienangelegenheiten.«

»Das gibt's doch nicht«, sage ich.

»Doch. So war es.«

»Also, fassen wir zusammen, was wir wissen.« Ich setze das Vergrößerungsglas ab und reiche es meinem Vater. Ich versuche, aus dem Puzzle in meinem Kopf schlau zu werden.

»Wir haben noch nicht alle Fakten, Miss D'Amore. Ich restauriere Kunstwerke. Für die Entschlüsselung dieses Gemäldes braucht es einen wahrhaftigen Detektiv.«

»Kann schon sein«, sage ich und betrachte noch einmal die Leinwand – die geschwärzte Stadt, der helle Garten. Irgendwo in diesem Gemälde muss auch Miss Martine sein. Ich weiß nur nicht, wo, und ich weiß auch nicht, warum das so wichtig ist. Ich weiß nur eins: Seit dreiundfünfzig Jahren ist eine Frau verschwunden. Das ist länger als dreimal mein Leben. Und wenn ich weiß, wo sie ist, ist es vielleicht auch leichter, meine Mutter zu finden oder einen Weg weiterzuleben, obwohl sie fort ist.

Dad legt sein Kinn in seine große Hand und schüttelt den Kopf.

»Wie war deine Fahrradtour?«, fragt er.

»Das hast du schon gefragt.«

»Vielleicht, aber ich habe vergessen, was du geantwortet hast.«

»Ich habe gesagt, es war schön, vielen Dank.«

»Die D'Amores mögen keine Häme«, sagt er, und ich lache.

»Ich geh schlafen, Dad«, sage ich und gebe ihm einen Kuss auf den Kopf und schlängle mich zwischen den Lichtern in die Dunkelheit zurück.

»Du, Katie«, sagt er, als ich bei der Tür bin.

»Ja?«

»Fast hätte ich es vergessen. Eine Miss McDermott ist vorhin vorbeigekommen und hat einen Briefumschlag für dich dagelassen.«

»Miss McDermott?«, frage ich und drehe mich zu ihm um, um zu sehen, ob er mich auf den Arm nehmen will.

»Wieso sollte ich lügen?«, sagt er.

»Miss McDermott, die fabelhafte Bibliothekarin?«

»Doch, ganz schön fabelhaft«, gesteht Dad. »Und sie hat etwas von Nachforschungen erwähnt.«

24

Der Mond ist riesengroß – ein großes weißes Herz im schwarzblauen Himmel. Der Briefumschlag von Miss McDermott lehnt an der Tür, sie hat nur meinen Namen – Katie – und ihre Initialen darauf geschrieben: A. M. Er wiegt fast nichts, fühlt sich an, als könnte ihn ein Windhauch davonwehen, aber heute Nacht ist es ganz windstill. Ich sitze auf der Treppe und wünsche mir, Danny mit seinem Lachen wäre hier und hätte seinen Arm um mich geschlungen, denn wenn ich den Umschlag von Miss McDermott aufmache, werde ich einen Kuss nötig haben.

Der Umschlag ist nicht zugeklebt, etwas Dünnes rutscht heraus und landet direkt in meinem Schoß – eine Fotografie, so groß wie meine Hand. Es ist ein schwarz-weißes Hochglanzbild. Auf der Rückseite ist etwas in blauer Tinte geschrieben. *Miss Martine Everlast. Mai 1954*, steht da. Miss Martine im Jahr ihres Verschwindens.

Ich drehe das Foto mit der Bildseite nach oben und strecke es dem Mond entgegen. Auf diesem Bild sieht man keine Glitzerprinzessin, keine Ballschönheit mit Diamanten im Haar, das lang und schwarz bis zum unteren Bildrand fällt. Ihre Bluse ist eigentlich keine Bluse, eher ein Hemd, das auch ein Mann hätte tragen können, mit einem steifen gestärkten Kragen. Ich muss das Bild in besserem Licht betrachten. Aber ich muss auch hier sitzen bleiben und nachdenken, während

Dad drüben in seinem Atelier arbeitet, Sammy sich wie ein Hüpfball in seine Schlafkoje bewegt und Jessie und Ellen nicht mehr meine besten Freundinnen sind und Danny zu Hause angekommen ist oder vielleicht auch noch nicht. Geschichte ist nie die absolute Wahrheit, hat Miss McDermott gesagt. Ich glaube auch nicht, dass ich falsche Schlüsse ziehen werde, aber ich habe nicht die geringste Ahnung, wie das alles zusammengehört. Ich habe Indizien, aber keine Theorie, und wenn ich den Mond ansehe, sehe ich nur ein starres Auge, das mir ungerührt entgegenblickt. Dazu kommt eine Einsiedlerin, ein Garten und ein sehr eigenartiger Old Olsen. Dann gibt es eine Grube, eine Schildkröte, einen Schrankkoffer, ein Gemälde über Reue, einen Tag und ein Jahr – eine Gleichung mit mehreren Unbekannten. Hier draußen ist es so still wie in allen Zimmern im Haus, die stockdunkel und lächerlich groß sind. Ich bin müde, zu müde, um weiter hier draußen zu sitzen und meine Gedanken kreiseln zu lassen.

»Nacht, Dad«, sage ich, aber nicht so laut, als dass er mich hören könnte.

»Nacht, Mom.« Wieder nicht laut genug. Während ich noch auf den Stufen sitze, stürzt eine andere Zeit auf mich ein, ein anderer Ort – Cascais –, dorthin sind wir nach Barcelona gereist. Mom sagte: »Unsere Ferien können noch nicht zu Ende sein«, und sie telefonierte, verschob unseren Rückflug und organisierte die Fahrt in diese Stadt in Portugal. »Nur noch ein paar Tage, Jimmy«, sagte sie. »Außerdem ist das so nah und überhaupt, wann werden wir wieder nach Europa kommen?« Unsere Klamotten waren dreckig, und ich vermisste Ellen und Jessie, aber Dad sagte: »Wenn du nach

Cascais willst, dann fahren wir nach Cascais. Aber danach müssen wir wirklich wieder nach Hause, Claire.«

»Der Sommer in Portugal soll besonders schön sein«, sagte Mom und küsste Dad fest auf den Mund und umarmte mich.

Aber als wir dort ankamen, war es stürmisch, als wäre vom fernen hügeligen Sintra Nebel herbeigeweht worden – wabernde Nebelschleier, die in den Straßen von Cascais immer dichter und unerbittlicher wurden und die einen kräftigen kalten Wind mitbrachten. Am Abend des ersten Tages sehnten wir die Pullover herbei, die wir nicht hatten, und als es Nacht wurde, wollten Dad und ich das Hotel nicht mehr verlassen. »Zimmerservice«, bettelte Dad regelrecht, »das wird bestimmt lustig.«

Aber Mom hatte sich auf ein Restaurant versteift, von dessen Terrasse aus man die Stadt überblicken konnte.

»Ich möchte das Meer bei Nacht sehen«, sagte sie. Also gingen wir – zu dem Terrassenrestaurant oberhalb der Stadt, bestellten Pizzas mit komischen Sachen darauf und saßen auf unseren Servietten, damit der Wind sie nicht davonwehte. Wir konnten im Wind fast unser eigenes Wort nicht verstehen, und ich glaube, Mom hatte auch keine große Lust, sich zu unterhalten, also saßen wir nur da und schwiegen. In einiger Entfernung konnten wir ein Stück des Atlantiks sehen, Fischerboote, verwehte Touristen. Auf der Terrasse schlug der Wind gegen unsere Knöchel, klatschte das Tischtuch an unsere Knie, und gegen Ende unserer Mahlzeit wurde der aufgeklappte Schirm neben uns aus seiner Metallverankerung gerissen und landete kreiselnd auf unserem Tisch und riss Messer, Gabeln und Pizzateller auf den Boden und schmiss eine Flasche Wein um.

»Ich glaube, den Nachtisch essen wir unterwegs«, sagte Dad. »Das Meer können wir auch vom Hotel aus sehen.« Aber Moms Blick war auf den Hafen gerichtet, wo sich eine Menschenmenge versammelte, und sie wollte nicht ins Hotel zurück.

»Da unten gibt es gleich einen Umzug«, sagte sie.

»Bei diesem Wetter?«, sagte Dad.

»Schau nur, ist das nicht herrlich seltsam?«

Nun sah ich ebenfalls hinunter und Dad auch. Die Menge schwoll an, und Musik begann zu spielen, wir konnten sie hören, weil der Wind in unsere Richtung blies. »Ein Umzug«, sagte Mom wieder, und nachdem Dad bezahlt hatte – keiner von uns stellte Fragen oder protestierte –, folgten wir Mom von der Terrasse den Hügel hinab. Dad hatte seinen Arm um Mom gelegt, um sie zu wärmen und sie vor den Kindern, Jugendlichen, Erwachsenen und Touristen zu schützen, die, wie wir, alle zum Hafen strebten. Ich ging hinter ihnen. Ich ging neben ihnen. Ich ging rückwärts, wenn der Wind zu stark blies, und als ich mich umdrehte, war der Umzug da und nahm uns in sich auf.

Der Umzug bestand aus lauter kleinen Kindern. Mädchen, die mit dem Wind kämpften und große seltsame Hüte und schwingende Kleider trugen – grün waren die Kleider und weiß und rot. Jungen mit Hosenträgern und seltsamen Hüten, die hölzerne Schubkarren vor sich her schoben. Das Verrückte an diesen Schubkarren war, dass sie mit Leuchtschnüren durchflochten waren – Leuchtschnüre in Orange, Rosa und Grün, die wie Blumen geschlungen waren – und dass die Buben ihre Schubkarren alle im selben Augenblick in die Luft hoben wie Schilder. Das war das Zeichen für die

Mädchen, mit dem Hüpfen und Kreiseln zu beginnen – es war, als stünde man mitten in einem Karussell, als drehe man sich mit dem Karussell im Kreis. Die Farben, das Licht, alles hüpfte nach dieser fremdartigen Musik, und vom Meer her wehte der Wind.

Ich verlor Dad aus den Augen, aber nicht lang, und ich verlor Mom, bis der Umzug an uns vorüber- und die gewundene Straße hinaufgezogen war. Ich drehte mich um und sah sie am Rande stehen – zu dünn, das fiel mir jetzt auf, und so zerbrechlich. Der Wind verfing sich in ihren Haaren. Sie behielt die ganze Reise über ihr Geheimnis für sich. Sie stand in diesem seltsamen kühlen Nebel, allein, lebendig, aber sie wusste, was sie erwartete. Geschichte ist nie die absolute Wahrheit. Es ist nicht einfach das, was gewesen ist. Es ist das, was hätte sein können.

25

Ich erwache, das Foto liegt neben mir auf dem Kopfkissen – der Fink gibt eine Kamikazevorstellung vor meinem Fenster. Er führt seine Hammernummer auf und fliegt dann wie üblich fort, aber diesmal weiß ich, wohin er fliegt. Diesmal denke ich an Sammy Macks Finger, der direkt auf das Elternschlafzimmerfenster gezeigt hat.

»Okay, ich komme«, sage ich. Ich setze meine Füße auf den Boden, ziehe den Bademantel über, stecke das Foto von Miss Martine in die Bademanteltasche. Es ist früh, noch vor Sonnenaufgang. Von unten höre ich das Gebrabbel des Fernsehers. Dad ist wahrscheinlich spät hereingekommen, hat den Fernseher angemacht und ist bei den Geräuschen eingeschlafen. Er kann mich jetzt nicht hören. Er kann nicht hören, dass ich vor seiner Schlafzimmertür stehe. In diesem Haus lassen sich die Schlösser knacken, indem man einfach den richtigen Druck ausübt – man drückt die Türklinke hoch und zieht gleichzeitig in Richtung Flur, dann drückt man sie wieder nach unten. In diesem Haus haben Schlösser keine große Bedeutung. Es sind nur Warnschilder: Zimmer nicht betreten.

Aber ich betrete das Zimmer, weil der Fink es sagt, weil ich meine Mutter vermisse, weil ich sie brauche, weil ich vielleicht Antworten finde, wenn ich die Dinge um mich habe, die sie geliebt hat. Nach kurzer Zeit gibt das Schloss nach. Ich tippe sacht an die Tür, sie öffnet sich und geht dann noch weiter auf. Alles ist hier, nur nicht Mom. Alles ist so, wie sie gelebt hat.

Ich schließe die Tür hinter mir, schnell, damit kein bisschen von Claire D'Amore entschlüpfen kann. Ich rüttle am Türknauf. Ich stehe in ihrem Zimmer und nehme sie in mich auf: ihr Lieblingsparfüm, ihre Strohhüte. Die Fotos, die schon immer dort hingen, hängen immer noch da, völlig verstaubt. Und wenn ich ihren Schrank und die Schubladen ihrer Kommode aufmachen würde, würde ich Sachen finden, die sie gern getragen hat, und Sachen, die sie gekauft, aber nie getragen hat, Kleider, an denen noch das Preisschild hängt.

Auf den Fensterbänken stehen die farbigen Glasflaschen, und hinter den Fenstern glüht die Morgensonne. Mom und Dad hatten ein breites französisches Bett mit drei Kissen auf Dads und einem Kissen auf Moms Seite. Aber dann wurde Mom krank, und Dad polsterte ihr den Rücken mit allen vier Kissen, nur am Ende, da sagte Mom: »Ich muss schlafen, Jimmy«, und Dad half ihr, sich flach hinzulegen. Mom schlief auf der Fensterseite. Sie wollte immer bei offenem Fenster schlafen, selbst im Winter. In eiskalten Nächten schichtete sie mehrere Decken über sich und sagte zu Dad, wenn dieser sie bat, die Fenster zu schließen: »Ach, das ist so belebend, Jimmy. Wie beim Campen.« Dann hörte ich über den Flur beide lachen. Als meine Mutter lebte, sah bei uns niemand die Letterman-Show.

Die Sonne steigt immer höher. Draußen verfärbt sich der Himmel gelblich blau, innen verraucht die Dunkelheit. Ich möchte nichts anderes, als mit meiner Mutter zusammen zu sein, möchte hören, wie sie mir erklärt, warum sie gehen musste, was das für einen Sinn ergibt oder wieso das im Entserntesten etwas mit Gerechtigkeit zu tun haben soll, wieso sie ihr Sterben so geheim gehalten hat. Warum ein Geheimnis? Ich habe so viele Leistungskurse belegt, aber das Verschwinden wird nirgendwo erklärt. Nirgendwo wird erklärt, warum eine Frau, die in aller Munde war, nach einem Sturm einfach verschwindet, oder warum eine Mutter, die ihr Herz deinen besten Freundinnen und allem anderen öffnete, sich zu einem unauffindbaren Ort davongemacht hat. War die schöne Zeit in Barcelona eine Lüge oder war es ihr Geschenk an Dad und mich? War Cascais Rausch oder Warnung?

Bevor mein Vater endgültig diese Tür abschloss, stellte er alles wieder so hin wie vor Moms Krebserkrankung. Jeder Schuh kam in einen Schuhbeutel. Jede Schublade wurde aufgeräumt. Jedes Kleid auf einen Bügel gehängt. Er arrangierte die Kissen wieder so wie zuvor und fegte den Boden. Und jetzt knarren und knacken die staubigen Dielen unter meinen Füßen. Ich sitze auf der Bettseite meiner Mutter. Ich lege mich so hin wie sie. Ich kuschle meinen Kopf in ihr Kissen so wie sie. Alles, was ich je gelernt oder gedacht habe, würde ich dafür geben, sie meinen Namen aussprechen zu hören. »Frag mich irgendwas, Mom«, sage ich. »Ich erzähl dir sogar von Danny.« Ich schließe meine Augen, damit ich sie hören oder mir herbeiträumen kann, doch Geister, das weiß ich inzwischen, funktionieren nicht so. In meinem Inneren sehe ich, wie meine Mutter mich das letzte Mal sah – ihr Gesicht nur Augen, ihre Hände so dünn, so bleich.

»Du machst mich so stolz, Katie«, sagte sie.

Ich sagte: »Ja?«

»Alles an dir, mein Herz.«

»Mom?«, sagte ich. »Mom, du lässt mich nicht allein?«

»Ich gehe nicht weit«, sagte sie. »Du wirst mich finden.« Dann schloss sie ihre Augen und öffnete sie nicht mehr, nur noch einmal, als Dad wieder da war und in seinem Stuhl saß, und das Zimmer war leuchtend bunt.

Dad hat das Schlafzimmer abgesperrt, um sie darin zu bewahren. Ich habe es heimlich geöffnet, um sie zu finden.

Ich schlage die Augen auf, ein Teil der Sonne hat manche der Flaschen getroffen und Sprenkel von Rose, Pfirsich, Veilchen und Limone an die gegenüberliegende Wand gesprüht. Meine Mutter nannte dieses Farbengemisch Farbandeutungen, und während ich hier liege und die Farben betrachte, erinnere ich mich daran, wie sie hier lag und sagte: »Jeden Tag gibt es eine komplett neue Farbvorführung.« Am besten gefiel ihr, dass die Farbspiele sich nie wiederholten. Das gefiel ihr auch bei Dad am besten, der ständig eine neue Spinnerei auf Lager hatte, eine »Überraschung« nannte sie das. »Er hat die Spezies Mann neu erfunden«, sagte sie zu mir, wenn wir in der Waschküche die warmen Handtücher zusammenlegten oder den restlichen Brownieteig auf ein Blech strichen oder in ihrem Garten Unkraut jäteten oder Lichterketten in die Zweige unseres Weihnachtsbaums flochten, der immer schon im November aufgestellt wurde, denn Weihnachten liebte sie über alles. »An Jimmy D'Amore kommt niemand ran.«

Aber an Mom auch nicht, und wenn sie jetzt hier wäre, würde sie mir erzählen, wie das Rot immer hinter dem Gelb herjagt. Ich werde nie mehr eine neue Mom-Geschichte hören. Ich kann nur die alten bewahren, was auch der Grund ist, warum ich seit ihrem Dahingehen so still bin, warum ich so für mich bleibe. Denn wenn ich spreche, wenn ich zu viel über

Mom sage, habe ich Angst, dass sich die Teile, die ich noch habe, wie Seifenblasen verflüchtigen.

Ich frage mich wieder einmal, was sie von Miss Martine und dem Geheimnis der Gartenlaube gedacht hätte – von Old Olsen, der uns einen Koffer hat ausgraben lassen, den wir nie zu Gesicht kriegen sollten. Das war ziemlich dumm von ihm, aber er hat es durchgezogen, und das kann nur eins bedeuten: Er wollte unbedingt an den Koffer kommen und war bereit, dafür Risiken einzugehen. Es muss etwas geschehen sein, das dem Koffer nach so vielen Jahren eine neue Bedeutung verliehen hat, und auch wenn mich das alles nichts anginge, ist es für mich wichtig geworden. Ich muss versuchen, das Geheimnis zu enträtseln, eine Antwort auf diese Fragen zu finden.

Ich ziehe das Foto von Miss Martine aus der Tasche meines Bademantels. Ich sehe es im Morgenlicht des Elternzimmers an, und es sieht auf mich zurück. Bei Tageslicht sehe ich mehr darauf als in der vergangenen Nacht auf der Verandatreppe – die offenen langen Lockenhaare von Miss Martine, eine Brosche am Kragen ihrer Bluse, die wie eine Schildkröte – ja, wie eine Schildkröte – aussieht. Und in ihrer Armbeuge liegt eine einzelne langstielige Blume: eine Schwertlilie. Im Hintergrund steht ein großer alter Baum, und auf der Seite sieht man ein Stückchen Himmel, gerade so viel, dass man die Sonne erahnen kann. Aber es liegt noch etwas anderes in Miss Martines festem Blick. Etwas an ihren eisernen Augen kommt mir bekannt vor.

Richtig vertraut, so verrückt das klingen mag.

Ich schließe meine Augen. Versuche, mir das Wissen herbeizuträumen, Mom und ihre Weisheit heraufzubeschwören.

Die Farben des Kaleidoskops pulsieren, zerbrechen, fallen auseinander – es entsteht fast ein Geräusch dabei. Die Sonne dringt durch die Fenster, klebrige Hitze. Ich stelle mir Miss Martine in ihrem Haus vor, allein, eingeschlossen in der Dunkelheit, die über ihrem Garten liegt, eingeschlossen in den vielen Jahren, die verstrichen sind, ohne dass sie richtig gelebt hat. Verschwunden. Überwältigt? Flucht oder Rettung? Ein Schildkrötenpanzer, die Schwertlilien – alles Oberfläche, ohne Farbe, ohne Licht. Mitten im Paradies ist etwas abhandengekommen. Ein Vater, der eine Entscheidung getroffen und sich mit seiner Trauer abgefunden hat. Eine Tochter, die verblüht ist. Meine Mutter, die in dieser Farbenpracht zu früh gestorben ist. Miss Martine hat zu lang ein Leben in Isolation gelebt.

Eine Träne stiehlt sich über meine Wange. Ich bin mit einem Mal unendlich müde. Ich sehne mich danach, all diese Fragen von mir abzuschütteln.

In der absoluten Stille des Zimmers verstreicht die Zeit ohne mich, sie geht durch mich hindurch, an mir vorbei. Als ich die Augen aufschlage, höre ich das Rattern und Tackern des Finken, er sitzt vor dem Fenster meiner Mutter und hackt mit seinem Schnabel auf die Scheibe ein.

»Du schon wieder«, seufze ich. »Du bist wirklich erstaunlich. Für einen Vogel.« Bewegungslos liege ich im Bett meiner Mutter und beobachte den Vogel vor der Fensterscheibe, wie er flitzt und flattert, pocht und hopst, abtaucht und auftaucht, sich zum Glastanz spreizt. Der Fink späht an seinem Schnabel vorbei ins Fenster, durch die Farbströme hindurch. Er spielt sein Spiel ein Dutzend Mal, bis ich mich langsam, sachte im Bett aufrichte, meine Füße auf den Boden setze und zum Fenster mit der bunten Flaschenreihe trete. Kaum bin ich da, ist der Fink verschwunden, und ich sehe nur noch Himmel und Kies und links unten den Garten meiner Mutter. Das Gelb, Weiß und Rot der großen vollen Dahlien. Der üppige Zinnienteppich. Die Katzenminze und die Christrosenhügelchen, die überwintern und im Frühjahr blühen und jetzt schon Pläne für die nächste Saison ausbrüten. Alles, was ohne Moms Unterstützung blühen kann, ist wundersamerweise aufgeblüht, sogar Pflanzen, die eigentlich nicht winterfest sind. Selbst das Unkraut, das sich überall breitgemacht hat, kann sich der Schönheit meiner Mutter nicht entziehen oder ihrer Vorstellung von Schönheit oder der Notwendigkeit von bleibender Schönheit. »Ich gehe nicht weit«, hat sie gesagt.

Ich schiebe den Fensterriegel zurück und lehne mich mit meinem ganzen Gewicht gegen die Scheibe. Ich muss noch ein wenig nachhelfen, dann gibt das Fenster schließlich nach. Ich stecke meine Finger hinter den Rahmen des Fenstergitters und schiebe auch dieses beiseite. Nun trennt mich nichts mehr von der Außenwelt. Ich lehne mich, so weit es geht, in den Sommer hinaus – schaue in die Ferne, nach unten, auf Moms Garten. Ich mache mir selbst ein Versprechen – das Versprechen einer Tochter: mein Leben mit offenen Augen zu leben. Die Pracht der Farben zu ehren.

Dort hinten auf der Straße steht vielleicht Miss Martine – sie ist mehr als ein Traum, ein Garten, eine Geschichte. Sie ist allein, nur Old Olsen ist bei ihr, der auf seine Art auch allein ist. Ich denke an die beiden, dort drüben hinter ihren Mauern. Die zwei, die die Jahreszeiten überwachen, aber nie aus ihren Mauern hervorkommen. Und plötzlich wird mir alles klar. Das Foto. Die Augen. Der Zusammenhang. Weil nämlich Miss Martines Augen die Augen von Old Olsen sind. Daran besteht kein Zweifel.

»Ach Gott«, sage ich und ziehe meinen Kopf wieder auf die Zimmerseite zurück, wo jetzt das Vorher mit dem Danach sich vermengt, wo plötzlich Miss Martine nicht mehr die alte Einsiedlerin ist, sondern jemandes Mutter. Nicht weit von mir, in einem Baum, bemerke ich ein Flattern. Die Goldbrust des Finken. Er fliegt davon.

26

Ich nehme mir nicht einmal Zeit zum Duschen. Ich ziehe die Kleidung von gestern an, stopfe meine Haare unter Dannys BU-Kappe, schnüre meine Stiefel und renne die breite Treppe hinunter, an den Fotos und den restaurierten Porträts vorbei in die Küche.

»Hallo, Stranger«, sagt Dad und dreht sich zu mir um, »hat Old Olsen euch wieder einen bezahlten Urlaubstag gegeben?«

»Dad, ich bin spät dran. Tut mir leid«, sage ich. Ich packe Proviant ein, nehme mir eine Banane für unterwegs, stopfe zwei extragroße Plastiktüten in den Rucksack und werfe ihn mir auf den Rücken. Dann hole ich aus dem Vorraum einen silbernen Handspaten und packe ihn ebenfalls in den Rucksack.

»Begrüßt du noch unseren Gast?«, sagt Dad. Er sieht mich erschrocken an, vielleicht, weil ich es so eilig habe. Als wüsste er nicht, was er mich fragen soll.

»Hallo, Sammy, wie geht's?« Der Junge hat sein Spidermankostüm an, die Gummimaske ist nach oben geklappt. Auf seinem Teller liegen zwei Donuts, daneben eine dicke Wurst, die auf ihrer Längsseite leicht verkohlt ist. Er sieht aus, als würde er hier wohnen, und wegen Dad bin ich im Moment froh darüber.

»Jimmy und ich haben zu tun«, informiert mich Sammy,

nickt heftig und baggert mit seinen Fingern die Wurst in die Höhe.

»Tatsächlich?« Ich ziehe den Reißverschluss meines Rucksacks zu, bücke mich, um meine lehmverschmierten Arbeitsstiefel zu binden, richte mich auf und gehe zur Tür.

»Du willst doch nicht ohne Frühstück aus dem Haus gehen?«, sagt Dad.

»Doch.« Ich küsse ihn auf die Stirn. »Aber ich komme wieder, versprochen. Ich muss dir etwas erzählen, aber erst muss ich etwas erledigen.«

»Unser Geheimnis?«

Ich nicke. »Ich bin um sieben zu Hause.«

»Siehst du?«, höre ich ihn sagen, kaum dass ich zur Haustür hinaus bin, »noch ein Superheld, Sammy. In dieser Gegend wimmelt es davon.«

27

Bei Miss Martine angekommen, schiebe ich mein Fahrrad über den Teerweg bis zum Schuppen und gehe dann schnell wieder den Hang hinauf und halte Ausschau – weiter oben ist Yvonne und stützt Dahlien ab, Peter arbeitet unten bei den Farnen. Ein ganzes Stück von mir entfernt steht Amy und sieht aus, als sei sie im Begriff, einen Baum zu erklimmen. Neben ihr steht Owen mit zwei großen grünen Eimern. Ich sehe weder Danny noch Old Olsen, aber unten, wo der Abhang endet und der Boden eben auf den Bach zuläuft, sehe ich Ida und Reny, die knietief im Gras stehen. Hinter ihnen lodert immer noch das gelbe Warnband, aber das Loch ist nicht mehr da – dort, wo die Grube war, ist nur noch eine krümelige Delle.

Ich wende mich nicht zum Bach, sondern zum Haus, auf dessen einer Seite in den Fenstern die Sonne blitzt. Nichts rührt sich, als ich näher komme. Mein Rucksack ist schwer, meine Arbeitsstiefel versinken im Erdreich. Als ich zur Vorderseite des Hauses komme, drücke ich mich an der Veranda vorbei zur Rückseite. Dort ist auch das Ysanderbeet, das ich vor einer Ewigkeit, wie mir vorkommt, zertreten habe. Tote braune Blätter liegen herum, niemand hat sie entfernt. Eine gute Gelegenheit, etwas gutzumachen.

Über mir, im selben Zimmer wie immer, bewegen sich, von einem Windhauch berührt, die Vorhänge. Sonst nichts.

In Moms Garten blüht nur ein einziges spätsommerliches Gelb, das fiederblättrige Mädchenauge, das keinerlei Ähnlichkeit mit der Schwertlilie hat, aber umso üppiger wächst. Und nun hole ich sie heraus, Wurzelballen von den Blumen meiner Mutter. Ich hole sie aus den Plastiktüten, in die ich sie heute Morgen gelegt habe – sechs Ballen habe ich ausgegraben, während Dad und Sammy beim Frühstück saßen. Zwischen den Wurzeln winden sich Regenwürmer. Die Erde ist schwer und schokoladig, unter meinen Fingernägeln hängt Lehm. Ich grabe die zertretenen Ysanderpflanzen aus. Ich setze das Gelb hinein. Die Schatten wandern weiter, und die Tageshitze bricht hervor. Die Blumen meiner Mutter recken sich der Sonne entgegen.

Auf dem Rückweg nach unten treffe ich Ida und Reny. »Du willst dir das Zuspätkommen wohl angewöhnen, Mädchen?«, sagt Ida, als sie mich sieht.

»Hast du einen Moment Zeit?«, frage ich sie, und sie schnaubt.

»Einen Moment? Als hätten wir dir nicht schon genug Zeit geopfert. Also, was gibt's?«

»Raus mit der Sprache«, sagt Reny und nickt. Er lächelt sein schiefzahniges Lächeln. Er klatscht mir mit seiner Hand, die in einem Arbeitshandschuh steckt, auf die Schulter. »Wir sind ganz Ohr.«

»Seit wann seid ihr zwei schon bei Miss Martine?«, frage ich. »Wenn ich das fragen darf.«

Ida sieht einer Libelle im Landeanflug zu, rechnet nach und blinzelt mich dabei komisch an. »Ungefähr schon immer«, sagt sie.

»Bevor Old Olsen Old Olsen war«, ergänzt Reny, »mindestens.«

»Ich glaube, wir sind ´74 hierhergekommen«, fährt Ida fort. Ihr Gesicht ist zu einer einzigen großen Grübelgrimasse zerrunzelt. »Stimmt doch, Reny? Nach den Blue Hills sind wir hier vorbeigekommen. Der lange silberne Zug mit den verschlossenen Fenstern hat uns am Bahnhof rausgelassen. Wir waren frisch verheiratet. Wir wussten nicht viel von der Welt.«

»Wir hatten auf eine Stellenanzeige geantwortet«, sagt Reny. »Damals war Old Olsen noch ein Kind, vielleicht zwanzig. So einen gebildeten Mann habe ich selten gesehen, hat sich alles selber beigebracht. Spazierte durch den Garten und deklamierte Shakespeare, Descartes, Pascal und sogar T. S. Eliot. Hast du schon mal was von T. S. Eliot gehört?«

»Das Mädchen ist doch nicht dumm«, sagt Ida.

»Sag ich ja nicht«, sagt Reny.

»Woher kam er?«, frage ich.

»Wer?«

»Old Olsen.«

»Aus dem Bauch, nehme ich an«, sagt Ida. »Weiß nicht. Er war Gärtner. Brauchte Helfer. Wir stellten keine Fragen.«

»Wir kamen zum Arbeiten her«, sagt Reny. »Er war ein Einzelgänger.«

»Hat er immer im Hausmeisterhaus gewohnt?«, frage ich.

»Was soll das?«, fragt Ida schnell und verschränkt ihre breiten Arme über ihrer breiten Brust und schaut mich drohend an, damit ich ja keine weiteren Fragen stelle. Ich schiebe meine Kappe zurecht und tue, als hätte ich nichts gemerkt. Ich mustere sie. Ich mustere Reny. Sie wissen etwas, was sie mir nicht sagen wollen.

»Old Olsen. Hat er immer hier gewohnt? In diesem Haus?«

»Seit wir ihn kennen«, sagt Reny.

»Und das ist alles, was wir wissen«, sagt Ida und piekst Reny in die Schulter. Besonders feinfühlend ist das nicht.

Er dreht sich um, betrachtet lange ihr zerknittertes Gesicht, dann wendet er sich wieder zu mir. »Jawohl.« Er nickt. »Mehr gibt es nicht zu erzählen.«

»Warum fragst du überhaupt?«, möchte Ida wissen.

»Einfach neugierig«, sage ich.

»Neugier nützt dem Garten nichts«, sagt sie. »Gärten brauchen Schwerarbeit und Wasser, Dreck, ein paar Samen. Rumstehen und Reden bringt gar nichts.«

»Tut mir leid.«

»Steck deinen Kopf lieber in Schulbücher«, sagt Ida. »Das bringt dir am Ende mehr.«

Ich finde Danny und Old Olsen auf der Brücke über dem Bach. Ein ganzer Schwarm weißer Schmetterlinge schaukelt auf einer leichten Brise. Als die unzähligen weißen Flügel auf die Brücke treffen, teilen sie sich – manche schweben nach unten, wo der Bach fließt, andere schweben nach oben, streifen Dannys Schultern und steigen in die schattigen Baumwipfel auf. Old Olsen dreht sich um und schaut ihnen nach und streift sich den Hut vom Kopf. Danny dreht sich um. Die beiden sehen mich nicht, sie sprechen nicht miteinander, sie lassen einfach die Flügel an sich vorbeistreifen. Die Zeit mischt sich in die Wahrheit. Die Zeit macht Risse in die Dinge.

Old Olsen hat schon Millionen Schmetterlingsflügel gesehen, überlege ich. Und er hat jedes Fitzelchen vom Mond gesehen und alles, was vergeht und wieder entsteht und wieder vergeht, denn so ist das in einem Garten. Und auch Geheimnisse gibt es in Gärten. Das Loch ist nicht mehr das Loch. Danny geht in vierzehn Tagen. Ich habe Jessie und Ellen einen ganzen Sommer lang nicht gesehen. Miss McDermott hat ein Foto gefunden, und darin habe ich zumindest eine Wahrheit in einem Paar Augen gefunden.

Aber ich weiß nicht, was der Koffer verbirgt oder warum er für Miss Martine wichtig ist, die vor über fünfzig Jahren verschwunden ist, aber nicht so verschwunden wie meine Mom.

Was ist in dem Koffer?, frage ich mich.

Und warum ist Old Olsen nie gegangen, warum hat er den Garten nie hinter sich gelassen?

Ich weiß nichts Genaues, habe keine gesicherten Fakten, außer, dass der Sommer zur Neige geht und die letzte Klasse bald beginnt und dass ich danach aufs College gehen werde und Dad dann in dem viel zu großen Haus sein wird, seine viel zu großen Mahlzeiten kochen, viel zu spät ins Bett gehen, zwei Stühle, einen für mich und einen für Mom, unbesetzt lassen und in die hohe Vase auf dem Tisch eine Blume stellen wird. Wie soll ich wissen, wie es ihm geht? Wie kann ich verhindern, dass die Sachen nicht weiter verschwinden?

Dort drüben ist ein Baum mit ausladenden Schatten. Ich gehe zu ihm und lehne mich an ihn.

28

Noch eine Kiste Heimatgeschichte ist übrig, und dorthin bin ich gegangen – in die Bücherei. Hier unten ist es kühl wie in einer Höhle, und wenn die Lampen aus sind, weiß man nicht, welche Tageszeit es ist. Als ich durch den Haupteingang gekommen bin, habe ich Miss McDermott nicht gesehen und bin ihr auch nicht auf der Treppe begegnet, hier im Untergeschoss ist keine Menschenseele. Nur ich mit Kiste Nummer sieben. Ich rüttle am Deckel und klappe ihn auf, der Geruch von Alter steigt mir in die Nase – der Geruch von Gestern, der Geruch von verstaubten Alben und Patina. Im Durcheinander der Kiste entdecke ich eine hübsche Samtschatulle. Der rosa Diamant, denke ich aufgeregt, aber die Schatulle ist leer.

Unter der Schatulle liegt ein zusammengelegter Schal und darunter ein verkrustetes Tintenfass. Außerdem ein paar Briefumschläge, nicht adressiert und nie abgeschickt, und ein Montblanc-Füller. Ein Geldtäschchen aus Leder in einem eigenartigen Aquamarinblau, aber es ist leer. Eine Landkarte und ein altes Kursbuch und ganz unten in der Kiste ein kleines braunes Buch mit viereckigen Goldbuchstaben auf der Vorderseite: *Große Erwartungen* von Charles Dickens. Der Einband ist weich wie bei einer alten Bibel, und die Seiten sind wie Zwiebelschalen, spröde und gleichzeitig durchscheinend. Ich schlage es in der Mitte auf, dann erst blättere ich an den Anfang, wo die Seitenränder mit einer makellosen Tintenschrift bedeckt sind, einer winzigen Schreibschrift, die ich kaum entziffern kann, und zwischen den Seiten liegen Schleifchen, Zeitungsausschnitte, gepresste Rosenknospen, kleine Farbkleckse, kolorierte Blumenskizzen und ... noch ein Foto, rechteckig mit ausgefransten Rändern.

Das Bild ist undeutlich – unglaublich verblichen – , und am unteren Rand hat jemand mit blauer Tinte ein Datum geschrieben: 20. Mai 1954. Das Bild zeigt ein Mädchen zu Pferd – Miss Martine. Ich bin mir ganz sicher, denn es sind ihre Augen, die mich unter der Reitkappe ansehen, es ist ihr Haar, das über ihre Schultern fällt, es ist ein Strauß von Schwertlilien, der in ihrer Armbeuge ruht. Auf dem Boden steht ein Mann, vielleicht Mitte zwanzig. Er streichelt die Nase des Pferdes und schaut in Miss Martines Gesicht. Ich drehe das Foto um. In derselben blauen Tintenschrift steht *Olsen und ich, Blaues Band beim Großen Junior Hunter Turnier in Devon.*

Olsen und ich. Mein Herz schlägt mir bis zum Hals, es hüpft und windet sich, als wollte es sich befreien, und nun drehe ich das Foto wieder auf die Vorderseite und betrachte den Mann, der da steht, der Mann bei Miss Martine, dessen markantes Kinn das gleiche Kinn ist, das ich im Garten gesehen habe. Aber die Schultern sind anders, der Körperbau verrät den Reiter. Man erkennt sofort, wenn zwei ineinander verliebt sind. Das ist Miss Martine und ihr Liebster. Das ist Miss Martine, und das sind ihre Lilien. Ihr Weg nach draußen. Ihr Fluchtweg. Ende Mai 1954. Sie lebt noch und ist unter Menschen.

Ich klappe den Deckel der Kiste zu, das Foto behalte ich. Ich renne aus dem Zimmer die Treppe hinauf zum großen

Büchereisaal. Miss McDermott steht am Kopierer und kopiert etwas aus einem riesigen Lexikon. Zu ihrer türkisblauen Bluse trägt sie einen passenden abgesteppten Gürtel. Sie trägt einen makellosen weißen Rock, silberne Sandalen, lila Nagellack.

»Hallo«, sage ich, und sie dreht sich um. Ich sage noch einmal »Hallo«, und sie sagt »Was gibt's?«, und ich erzähle ihr, was ich gefunden habe, ein Foto, ein neues Datum, einen Namen. »Haben Sie noch diesen Mikrofilm griffbereit?«, frage ich sie. »Die *Main Line Post* von 1954?«

»Das haben wir gleich.«

»Könnten Sie mir kurz helfen?«

»Aber natürlich.« Sie lässt das Lexikon einfach im Kopierer liegen. Sie verschwindet und kehrt gleich darauf mit der Kassettenschachtel zurück. Ich gehe mit ihr zum Lesegerät. »Wonach suchen wir?«, fragt sie.

»Zwanzigster Mai. Das Devon Turnier. Die große Junior Hunters Division. Ein Mann namens Olsen.«

»Vor- oder Nachname?«

»Weiß nicht.«

»Was weißt du denn?«

»Das da.« Ich zeige ihr das Foto.

»Ach, herrje«, sagt sie und betrachtet es lang. Dann seufzt sie, und ich weiß, dass die Traurigkeit, die sie vielleicht empfindet, nichts mit dem Mädchen und ihrem Reiter zu tun hat. Sie hat mit der Liebe zu tun und was mit ihr geschehen kann. Sie hat mit ihrer verlorenen Liebe zu tun.

Eine kleine Ewigkeit ist vergangen, als ich den Film aus dem Lesegerät nehme und ihn zu Miss McDermott zurückbringe.

Sie sitzt an ihrer Theke und sieht mir entgegen – sie zieht ihre Augenbrauen hoch und sieht mich fragend an. »Nun?«, fragt sie, und ich sage: »Er hieß Olson. Mit Vornamen. Sein Nachname war Long.«

»Long«, wiederholt sie.

»Er war Pferdetrainer im Geringer Gestüt«, erzähle ich. »Und er trainierte auch Reiter. In der Zeitung kam ein ausführliches Porträt über ihn mit einem Bild, er mit einer Schülerin.«

»Miss Martine?«, fragt sie.

»Genau«, sage ich. Ich zeige ihr das Foto aus dem Buch – es ist ein richtiges Porträtfoto, das an demselben Tag aufgenommen worden ist wie der Schnappschuss in der Zeitung.

»Dann waren sie also Schüler und Lehrer.«

»Ja.«

»Und vielleicht Liebende.«

»Unbedingt.«

»Und sie hatte Schwertlilien im Arm?«

»Flucht«, sage ich, »das war ihr Plan. Sie wollte fliehen. Das nehme ich wenigstens an.«

Meine Augen werden heiß und tränen. Ich versuche, einen tiefen Schluchzer zu unterdrücken. Ich weiß nicht, warum mich das so traurig macht, aber das Tolle an Miss McDermott ist, dass sie es versteht. Sie kommt auf meine Seite herüber und legt den Arm um mich.

»Manchmal ist das Leben ungerecht«, sagt sie.

»Sie war in meinem Alter«, sage ich.

»Ja.«

»Und sie erwartete ein Baby.«

»Woher weißt du das?«

»Wegen dem Gärtner«, sage ich. »Seine Augen gehören zu Miss Martine. Sein Name und sein Kinn gehören zu dem Reitlehrer.«

Sie sieht mich wortlos an, dann drückt sie meinen Oberarm. »Dann war sie also eine junge Mutter.«

»Ohne Ehemann«, sage ich. Eine Träne stiehlt sich über meine Wange. Ich sehe Miss McDermott an, deren Gesicht für einen kurzen Augenblick einen komplizierten verletzlichen Ausdruck annimmt. »Ich weiß immer noch nicht, wonach wir eigentlich graben«, sage ich schließlich. »Ich meine auf dem Anwesen.«

»Manchmal muss man einfach Fragen stellen. Frag Old Olsen.«

»Wahrscheinlich haben Sie recht.«

»Manchmal ist die Wahrheit zum Greifen nah.«

Ich nicke. Meine schweren Stiefel sind wie festgeklebt, außerstande, sich fortzubewegen.

»Alles in Ordnung, Katie?«

»Ich weiß nicht. Also, die Geschichte von Miss Martine lag die ganze Zeit hier«, sage ich und spreche ganz langsam, was meine Methode ist, nicht loszuheulen. »Sie war nur in Stücke zerfallen.«

»Nun«, sagt sie, »das gilt für die meisten unserer Geschichten.«

»Ich hätte darauf kommen müssen«, sage ich und wische mit der Hand über meine Augen, »zum Teil wenigstens. Jetzt liegt alles so klar auf der Hand. Gewissermaßen. Und ich war nicht besonders freundlich zu Old Olsen. Ich hatte keine Ahnung, dass er etwas Trauriges zu verbergen hat.«

»Aber vielleicht hättest du voreilige Schlüsse gezogen.«

»Und das bringt nichts, haben Sie gesagt.«

»Wäre zwecklos.«

»Vielleicht.«

»Katie?«

»Ja?«

»Deine Mutter wäre stolz.«

»Worauf?«

»Auf dich. Wie du den Sachen auf den Grund gehst. Wie du sie auflöst.«

Wirklich seltsam, wie Miss McDermott das macht, denke ich. Als würde meine Mom durch sie sprechen.

»Komm mal wieder vorbei.«

»Bestimmt. Versprochen.«

»Ohne Leute wie dich wären Büchereien leer.«

»Sie wären aber immer noch voll mit Büchern.«

»Bücher bedeuten nichts, solange sie keiner liest, um etwas in ihnen zu finden.« Sie lächelt ihr perfektes Fifth-Avenue-Lächeln. Der, der ihr das Herz gebrochen hat, war ein Vollidiot.

»Also, bis irgendwann«, sage ich.

»Bestimmt«, sagt sie. Ich winke ihr zu, stoße die Tür auf, geh die Treppe hinunter und schließe mein Rad auf. Ich fahre am Parkplatz vorbei und dann den ersten Abhang hinunter. Nun fliege ich an alten und neuen Häusern vorbei, an Verschwundenem und Wiedererstandenem, an der letzten Kuhherde und dem Bach. Ich müsste eigentlich nach Hause fahren, aber etwas treibt mich in die andere Richtung, zurück zum Anwesen von Miss Martine. Noch eine Stunde, dann wird es dunkel, und Dad wird sich Sorgen machen, wo ich bleibe. Aber manchmal muss man die Regeln einfach brechen.

Die Schatten sind lang, alles ist still. Ich fahre über den Teerweg zum Haus auf dem Hügel. Ich bleibe stehen und mustere jedes einzelne Fenster. Stille – überall –, auf dem Hügel, in den Schatten. Stille, und irgendwo in dieser Stille ist Old Olsen. Ich lasse mein Fahrrad stehen und gehe den Hügel hinab.

29

Er stützt gerade Dahlien an seinem Haus ab. Er hat den Hut abgenommen und die Ärmel hochgekrempelt, sein Gesicht liegt im Schatten. Er kommt mir jünger vor als sonst – nicht so kantig, vielleicht auch einsamer –, und der Bach ist so nah, dass ich das Wasser rauschen höre, das Plätschern, wenn es über die Steine fließt. Deshalb ist es hier, wo er arbeitet, nicht sehr still.

Ich sollte so kurz vor Einbruch der Dunkelheit nicht hier sein. Dad wäre nicht begeistert, wenn er davon wüsste, und Danny auch nicht. Danny würde sagen, dass ich zu weit gegangen bin, dass ich ein solches Risiko nicht eingehen sollte. Aber ich bin hier, um die Sache zum Ende zu bringen, und ich habe keine Angst.

Ich warte darauf, dass er mich sieht. Ich lehne mich an eine alte Birke und sehe ihm bei der Arbeit zu, sehe die Goldaugen eines Kaninchens, das unter einer Stechpalme hervorlugt, sehe die vielen Dinge, die sein Haus vom übrigen Anwesen trennt – die Hecken, die Rankgitter, die durch die Rankgitter geflochtenen Passionsblumen. Die Dahlien stehen in voller Blüte, ihre Köpfe sind schwer – große rostfarbene, im Zickzack gefaltete Blütenköpfe, zu schwer für ihre Stängel. Er richtet jede einzelne Blüte auf und zwängt sie in eine Art Maschendrahtkäfig. Er tritt zurück, betrachtet sein Werk und dreht sich um. Jetzt sieht er mich. Er richtet sich kerzengerade auf und zieht die Schultern hoch.

»Katie«, sagt er. Mehr nicht. Er streift sich die Handschuhe ab, erst den rechten, dann den linken, und lässt sie auf den Boden fallen. Er steckt die Gartenschere in seine Hosentasche. »Hast du etwas vergessen?« Er sieht mich an und erwartet eine Erklärung. Das Kaninchen mit den Goldaugen schießt aus dem Gebüsch, hoppelt zwischen uns hindurch und verschwindet unter den Bäumen.

»Ich habe etwas gefunden«, sage ich. Ich finde, das ist eine gute Einleitung.

»Und das wäre?« Er spricht abgehackt, als wollte er möglichst wenig Wörter benutzen.

»Also, in der Bücherei. In einer Kiste. In einem Buch. *Große Erwartungen.*«

Er sieht mich lange und prüfend an. »Du bist mir schon immer wie ein Bücherwurm vorgekommen«, sagt er. Er fasst sich mit der Hand ans Kinn und kratzt sich so langsam, als würde es ihn gar nicht richtig jucken. Es wird ganz still zwischen uns, ich höre nur noch den Bach und das Summen eines Insekts und das Knacken eines Asts irgendwo im Wald. Eichhörnchen, denke ich. Oder Kaninchen.

»Ein Foto«, sage ich. »ein Foto, das Sie bekommen sollten.«

Er lässt seine Hand nach unten sinken und legt die Stirn in Falten. Er rührt sich nicht und sagt kein Wort. Er sieht mich nur mit diesen eisernen Augen an. Ich gehe zu ihm und ziehe das Bild aus meiner Tasche. Ich balanciere es auf meiner ausgestreckten Handfläche, strecke sie ihm entgegen. Er rührt sich immer noch nicht. Er betrachtet mein Gesicht, dann meine Hand, dann wieder meine Augen und beugt sich schließlich nach vorn. Beugt sich vor und nimmt das Foto aus meiner Hand und balanciert es nun auf seiner eigenen. Ich will, dass er etwas sagt, irgendetwas, aber er schweigt.

»Mai 1954«, sage ich zu ihm, denn jetzt wird es so schnell dunkel, dass das Licht vielleicht nicht mehr reicht, um die winzigen blauen Buchstaben zu entziffern. »Das Devon Horse Turnier. Ihre Mutter. Sie hat das Blaue Band gewonnen.«

Er sieht von dem Foto auf, dann sieht er mich an, dann wieder das Foto. Über uns auf einem Zweig kreischt eine Amsel. Ich höre das Rascheln und Trappeln des Kaninchens in den Büschen am Bach, das Huschen der Eichhörnchen, dann wieder ein Vogel. »Woher hast du das?«, fragt er schließlich.

Ich sage es ihm noch einmal. »Aus einem Buch. Aus einer Kiste. In der Bücherei.«

Er dreht sich um und verharrt still – den Rücken mir zugewandt, den Körper im Schatten, die Schultern hängend, den Kopf zum Foto geneigt. »Ich fand, Sie sollten es haben«, sage ich, weil er nichts sagt und jemand das Reden übernehmen muss. »In der Bücherei stehen diese Kisten. Sieben Stück. Ich habe sie durchgesehen. Ich wollte es begreifen.«

»Was begreifen?«

»Das hier. Diesen Ort. Miss Martine. Das Graben. Die Sachen, die verschwinden. Die Leute.«

»Ich würde das eher spionieren nennen.«

»Die Kisten stehen jedermann zur Verfügung. Es ist Heimatgeschichte. Sie sind eines Tages einfach abgegeben worden – jemand hat sie vor der Bücherei aufgestapelt, neben dem Rückgabekasten. Miss McDermott hat sie eines Morgens vor der Arbeit dort gefunden. Sie mussten katalogisiert werden, und ich habe mich für diese Arbeit gemeldet. Ich hatte natürlich schon den Job bei Miss Martine, und dann tauchte dieser Schildkrötenpanzer auf, den Owen gefunden hat, und in der inneren Rückenschale hatte er diese Einkerbung. Und dann hat mein Dad ein Bild bekommen – er restauriert nämlich Gemälde –, und es hat sich herausgestellt, dass dieses Bild von John Butler Everlast ist. Ich weiß nicht, ich wollte das eben alles verstehen.«

Nach dieser langen Rede schenkt er mir mehr Beachtung. Er dreht sich zu mir um, sein Blick ist lebhaft und neugierig, aber sein Gesicht liegt immer noch im Schatten. Er sieht nicht verrückt aus und macht auch keinen verwirrten Eindruck. Eher erleichtert. »Miranda Everlast Thomas«, sagt er.

»Wie bitte?« Er hat den Namen leise ausgesprochen. Ich trete näher.

»Die Cousine meiner Mutter«, sagt er. »Sie ist vor ein paar Monaten gestorben. Ihr Sohn hat das Haus aufgelöst, um es zu verkaufen. Hab ich wenigstens gehört. Wir haben keinen persönlichen Kontakt, und soviel ich weiß, war er mit seiner Mutter ziemlich zerstritten.«

Ich schüttle verwirrt den Kopf.

»Sie war nicht nur die Cousine meiner Mutter, sondern auch ihre beste Freundin«, erklärt er, »meine Mutter vertraute ihr. Weihte sie in ihre Geheimnisse ein. Miranda Everlast Thomas. Es sind ihre Kisten. Ihre Erinnerungsstücke.« Er wiegt den Kopf, als wäre endlich ein Rätsel gelöst, über das er schon lange geknobelt hat. Mich hat er anscheinend vergessen.

»Dann sind Sie also wirklich Miss Martines Sohn«, sage ich.

Er lächelt unbestimmt. »Das hast du doch herausgefunden.«

»Ich habe es nur aus den Zeitungsmeldungen und Fotos geschlossen. Der Sturm. Die alten Geschichten. Deshalb.«

Er sieht mich lange an, dann sieht er wieder auf das Foto, das er mit Sicherheit kaum noch erkennen kann, jedenfalls nicht hier, nicht bei dieser Dunkelheit und nicht um diese Zeit. Der Bach rauscht sein Rauschen, und in den Bäumen raschelt es. Ein paar Leuchtkäfer haben ihre Lichter angezündet. »Das ist das einzige offizielle Foto, das von meinen Eltern jemals aufgenommen wurde«, sagt er. »Ich habe lange danach gesucht.« Er sieht noch einmal auf das Foto, auf dem wahrscheinlich kaum noch etwas zu erkennen ist, dann schiebt er es in seine Tasche.

»Die zweite Gartenlaube?«, frage ich.

Er nickt. »Ich brauchte Hilfe beim Graben. Die Erde ist alt und überall fest.«

»Deshalb haben wir das Loch ausgehoben? Wegen des Fotos?«

Er nickt wieder und zuckt mit den Achseln. »Meine Mutter ist letztes Jahr gegangen«, sagt er. »Ich wollte es wiederhaben.«

»Gegangen?« Ich mache einen Schritt nach hinten, ein Schauer kriecht mir über den Rücken, ich denke an Ida, wie sie Reny gepiekst hat. Was die Leute alles für sich behalten.

»Sie ist gestorben, Katie. Ihre Zeit war abgelaufen.«

»Sie ist tot?« Ich drehe mich um – dort zwischen den Bäumen steht ihr Haus mit dem einzelnen erleuchteten Fenster.

Ich muss daran denken, dass die Blumen meiner Mutter für den Geist einer Frau blühen, für eine Idee. Ich denke an Rettung. »Aber ich dachte …« Ich drehe mich wieder zu Old Olsen um, aber es ist schon so dunkel, dass ich seine Augen nicht mehr erkennen kann. Ich warte darauf, dass er etwas sagt, dass er die Puzzlestücke für mich zusammensetzt, aber er wendet sich ab und richtet eine Dahlie auf, die gegen ihren Maschendrahtkäfig geknickt ist. Seine Handschuhe liegen immer noch am Boden, wo er sie hat fallen lassen. Er dreht mir den Rücken zu.

»Old Olsen?«, sage ich schließlich.

»Hör mal, Katie«, sagt er und dreht sich wieder um und verschränkt die Arme vor der Brust, sieht zum Himmel und beginnt zu sprechen. »So ist das eben, klar, Katie? So ist das gewesen.« Offenbar hat er noch nicht oft über diese Geschichte gesprochen. Eine Geschichte, die lange verschüttet war. »Sie war nie richtig gesund, meine Mutter«, setzt er wieder an. »Nachdem sie meinen Vater verloren und mich bekommen hat. In meinen frühesten Erinnerungen ist sie weit weg von mir. Ich renne diesen Hügel hinab« – er macht eine ausholende Geste – »und werfe Steinchen in den Bach, jage Fische, entdecke eine Eule. Meine Mutter ist in der Nähe und doch fern. Dann wurde ich auf eine Schule geschickt – von ihrer Mutter und ihrem Vater. In den Sommerferien und an Weihnachten durfte ich immer nach Hause, aber ich wuchs hauptsächlich woanders auf. Aber ich liebte diesen Ort mehr als alles andere. Und ich vermisste meine Mutter.«

»Und dann sind Sie wieder zurückgekommen?«

»Irgendwann starb ihr Vater, die Mutter war schon gestorben, und was sollte ich denn machen? Wer sollte sich um das alles hier kümmern? Sie war noch keine vierzig, aber sie war gebrechlich. Mit dem College war ich fertig. Was soll ich dir sagen, Katie? Ich kam nach Hause und blieb. Sie lebte gern hier, trotz allem, was war. Und wenn sie hinausgehen wollte, begleitete ich sie. Sie trug Schals, große Sonnenbrillen und Hüte. Aber eigentlich fragte niemand mehr nach ihr. Niemand beachtete sie.« Er spricht ruhig. Er rührt sich nicht. Eine leichte Brise streift durch meine Haare. »Und dann bekam sie Krebs«, sagt er.

Krebs. Ein Wort, das wir beide verstehen.

»Ich dachte, sie sei noch da«, sage ich, »da oben.« Ich zeige auf das Haus, und das Licht oben auf dem Hügel. »Ich dachte …«

»Du dachtest, was jeder denken sollte, der sich Gedanken machte. Was jeder denken musste, wenn ich hierbleiben und das Geheimnis meiner Mutter bewahren wollte. Es war einfacher, die Leute glauben zu lassen, sie sei noch am Leben. Einfacher, als Gärtner hier zu leben, als als Sohn durchzugehen. Wir ließen uns von Anwälten beraten.« Er lächelt. »Wir hatten genug Geld.«

Der erste blasse Stern ist über Old Olsen aufgegangen. Etwas Flinkes, Kleines huscht durch die Luft – vielleicht ein Fledermauspärchen –, und ein süßer Duft mischt sich in die trocken heiße Luft des Tages. In meinem Kopf wimmelt es von Bildern, ich habe tausend Fragen.

»Woher wussten Sie überhaupt von dem Foto?«, frage ich.

»Ganz am Ende hat sie davon gesprochen. Sie sagte, sie habe es versteckt. Ich dachte, sie meinte diesen Schrankkoffer. Aber wahrscheinlich meinte sie, dass sie es Miranda gegeben hatte. Nach meiner Geburt hatten sie sich zerstritten, und solange ich denken kann, haben sie nicht mehr miteinander gesprochen.«

»Dann ist Miranda gestorben.«

»Und ihr Sohn hat das Haus geräumt.«

»Und die Kisten sahen aus, als enthielten sie nur gewöhnliche Überlieferungen aus der Region«, sage ich, »nicht die Geschichte einer bestimmten Person.«

»Wahrscheinlich hast du recht.« Er berührt die Umrisse des Fotos in seiner Tasche. Er knickt in der Hüfte ein und beugt das Knie, als würde er sich gegen einen Zaun lehnen.

»Was ist eigentlich in dem Koffer?«, frage ich.

»Alles, was sie mitgenommen hätte, hätte man sie ungehindert gehen lassen«, sagt er und gibt sich keine Mühe mehr, das Geheimnis zu bewahren.

»Wohin wollte sie?«

»Nach Virginia, mit meinem Vater.« Er schweigt einen Augenblick, lässt die Geschichte im Raum schweben und erzählt dann weiter. »In der Nacht, als er starb, wollten sie ausreißen. Deshalb hatte sie den Koffer gepackt. Dann kam der Sturm. Aber das kümmerte sie nicht. Sie bestellte ein Taxi, das sie zum Bahnhof bringen sollte. Doch das Taxi kam nicht weit, es regnete in Strömen, die Straßen waren überflutet, umgestürzte Bäume versperrten den Weg, das Taxi blieb stecken. Mein Vater stieg ohne sie in den Zug. Ihr Vater machte sich sofort auf die Suche nach ihr. Drei Tage danach erfuhr sie, dass mein Vater tot war. Als ihr Vater herausbekam, dass sie mit mir schwanger war, dass sie mit einem Reitlehrer hatte ausreißen wollen, vergrub er den Koffer im Garten. Er wollte nicht, dass ihn jemand findet oder dass von ihm eine Spur übrig blieb. Sie war sechzehn. Vier Monate danach kam ich zur Welt. Sie hat dieses Anwesen seitdem nie mehr verlassen. Es hieß, sie sei nach Europa gegangen. Man hat viel über sie geredet.«

Ich nicke, recke mein Kinn zum Himmel und wische mir eine Träne vom Gesicht. Jetzt sind noch mehr Sterne aufgegangen, sie glitzern. *Hallo, Mom,* denke ich. *Hallo, Miss Martine.* »Und jetzt. Was ist jetzt?«, frage ich.

»Ich werde fortgehen, Katie. Es ist zu schmerzhaft für mich, das Anwesen so verlassen zu sehen. Ich habe keine Kraft mehr dafür.«

»Und Ida und Reny und Yvonne und Peter …?«

»Die werden bei den neuen Besitzern bleiben. Oder weggehen. Ganz, wie sie wollen. Sie können frei entscheiden. Das kommt in den Vertrag.«

Ich beiße mir auf die Lippe. »Das ist sehr nett von Ihnen«, sage ich.

»Sie gehören zur Familie, Katie. Das gehört sich so.«

Ich nicke wieder und sehe ihn durch die Dunkelheit lächeln. »Ich möchte dir etwas zeigen, Katie«, sagt er. Er macht sich auf, und ich folge ihm – den Pfad entlang, unter den Rankgittern durch bis zu der Brücke, auf der Danny und ich uns geküsst haben. Wie lange scheint das schon her zu sein. Ich bleibe immer drei Schritte hinter ihm, setze meine Stiefel in seine Stiefelabdrücke. Kurz vor dem Bach bleibt er stehen und biegt die Zweige eines mächtigen Baums auseinander, und da es hier noch dunkler ist, nimmt er meine Hand und zieht sie hoch und legt sie auf die Rinde, wo ich die harte Wölbung eines Nagelkopfes ertaste.

»Schildkrötenpanzer«, sagt er.

Ich schüttle den Kopf, denn ich verstehe nicht, was er mir sagen will.

»Sie haben sich hier am Baum verabredet. Meine Mutter und mein Vater. Der Panzer war ihr Zeichen.«

»Sie haben ihn hier aufgehängt? An einen Nagel?«

»Meine Mutter hat mir diese Geschichte oft erzählt«, sagt er. Und mit einem Mal lacht er. Wie zur Antwort heult eine Eule, und da lacht Old Olsen wieder.

30

Dad arbeitet in der Küche, als ich nach Hause komme. »Wie war's bei Miss Martine?«, ruft er. Ich sage nur: »Hallo.« Ich weiß nicht, wie ich anfangen soll, mir tut jede Faser meines Körpers weh. Ich werde ihm die ganze Geschichte später erzählen, und danach werde ich Danny anrufen und dann schlafen. Jetzt will ich nur eins: eine heiße und ausgiebige Dusche.

»Katie?«, sagt er, als ich schon halb die Treppe hinauf bin.

»Ja?«

»Du könntest dir ruhig etwas Anständiges anziehen.«

»Was?«

»Ein Kleid oder so. Ich weiß nicht. Ich koche heute eins meiner Spitzengerichte.«

»Dad, warum essen wir nicht einfach Eier oder Brote? Oder ein Müsli.«

»Kommt nicht infrage«, sagt er. »Keine Chance. Ich glaube, ich bin der Sache auf der Spur.«

Ich drehe mich um. Bestimmt ist mir die Überraschung ins Gesicht geschrieben. Zufall oder einer seiner Witze? Nur ein typischer Jimmyspruch? »Meinst du in der Küche oder bei dem Gemälde?«

»Es macht keinen Spaß, dir das zu erzählen, wenn du so mies drauf bist, hörst du?«

Wenn ich jetzt widerspräche oder bettelte, würde mein

Körper nur noch mehr wehtun. Ich zucke gleichgültig mit den Achseln und gehe die Treppe hinauf in mein Zimmer und dann über den Flur und an dem Zimmer vorbei, wo die Sachen meiner Mutter waren und derzeit noch sind. Ich drehe die Dusche auf ganz heiß und verliere mich im Dampf.

Als ich wieder nach unten komme, merke ich, dass wirklich etwas Besonderes los ist. Das Wohnzimmer ist längst nicht so unaufgeräumt wie sonst, und die Küche ist blitzblank geschrubbt, obwohl darin gekocht worden ist. Der Tisch ist mit einer zusätzlichen Platte verlängert worden und mit einem Leinentischtuch bedeckt. An einem Tischende steht die Stielvase und am anderen Ende ein Krug mit schwarzäugigen Susannen. Dad hat eine von Moms Schürzen umgebunden, trägt darunter aber ein richtiges Hemd, dessen Ärmel er akkurat aufgekrempelt hat.

»Dad, was ist los?«

»Also, du siehst entzückend aus.« Er dreht den Kopf in meine Richtung und nickt. »Deine Mutter hat dieses Kleid an dir besonders geliebt, stimmt doch?«

»Sie hat es mir gekauft«, sage ich und drehe mich um die eigene Achse, sodass der Rock sich wie ein Kreisel dreht.

»Du siehst aus wie ein Windrädchen.«

Ich sehe an ihm vorbei zur Spüle, zu den Arbeitsflächen, dem Grill. Er hat Spargel gegrillt und mit Käse überbacken. Er hat Salat mit Blaubeeren und Himbeeren gemacht. Er hat eine ovale Schale mit Kräckern und Käsewürfeln gerichtet. »Sieht aus, als hättest du den ganzen Tag lang in der Küche gestanden.«

»Warte ab, bis du siehst, was ich im Ofen habe.«

»Was ist eigentlich los?«

»Wir geben ein Essen.«

»Wirklich?«

»Ja, und sei bitte so nett und deck den Tisch. Sechs Gedecke, Katie, mit Stoffservietten.«

Ich rühre mich nicht. »Dad. Sag schon. Was ist los?« Ich sehe nicht ein, dass er so ein Getue macht, wo ich doch diejenige bin, die das Rätsel gelöst hat, die über die ganzen Antworten gestolpert ist.

»Wie ich schon sagte, wir geben ein Essen.«

»Aus einem bestimmten Anlass?« Ich rühre mich immer noch nicht. Dad stößt einen demonstrativ theatralischen Seufzer aus. Er holt Teller, Gabeln, Messer und Servietten heraus und hält sie mir vor die Nase.

»Ein Fest zum Ende des Sommers.«

Ich nehme ihm das Geschirr ab, rühre mich aber immer noch nicht vom Fleck. »Der Sommer ist noch nicht zu Ende, Dad.«

»Ach, Katie, musst du immer recht haben? Mach einfach mit.«

»Sechs Gedecke, Dad?« Ich beginne, den Tisch zu decken.

»Schau nur. Hier kommt schon unser erster Gast.«

Ich folge Dads Blick zum Küchenfenster und sehe Sammy Mack und Mrs Mack, die wie zwei zivilisierte Menschen die Einfahrt hinaufgehen. Der Kleine ist wie ein normaler Mensch gekleidet – eine Khakihose, ein dunkelblaues T-Shirt und die Blinkersneaker. Er geht an der Hand seiner Mutter. Sie klopfen und treten ein. Sammy reißt sich von seiner Mutter los, rennt zu meinem Vater und gibt ihm einen freundschaftlichen Schlag aufs Bein.

Dad eingeladen worden und hat überlegt, dass ich mitkommen könnte. Klasse Haus, übrigens. So groß. Wie ein Mini-Miss-Martine-Haus.«

»Ich bin total durcheinander.«

»Du bist also der berühmte Danny Santopolo?« Mein Dad kommt aus der Küche und wischt sich die Hände an Moms geblümter Schürze ab. Und plötzlich fällt mir etwas auf: Mein Vater hat sich die Haare schneiden lassen. Heute Abend sieht er fast normal aus, gar nicht mehr wie ein verrückter Professor.

»Nett, Sie kennenzulernen, Dr. D'Amore.«

»Ich hoffe, du magst Spaghettikürbis.«

»Noch nie probiert.«

»Spaghettikürbis muss man probiert haben, bevor man aufs College geht«, sagt Dad, legt ihm die Hand auf die Schulter und führt ihn in die Küche. Ich muss hinter den beiden her. »Das ist eine der wichtigsten Lebensregeln.«

»Danke für den Hinweis«, sagt Danny. Er winkt mir hinter seinem Rücken zu. Ich berühre kurz seine Finger. In der Küche macht Sammy immer noch seine Runden, und Miss McDermott schneidet Brot, als hätte sie schon immer in unserer Küche gewerkelt. Das Huhn ist aus dem Backofen, wir können eigentlich essen. Dad steht neben dem Stuhl von Mom, damit sich keiner dorthin setzt. Ich wähle den Stuhl neben Danny. Wir nehmen Platz.

»Willst du das Tischgebet sprechen?«, fragt Dad Sammy, der sich neben ihn hat plumpsen lassen.

»Gott segne die Blumen«, ruft Sammy.

»Amen«, sagt Dad.

»Amen«, wiederholen wir im Chor.

»Es gibt genug für jeden«, sagt Dad, teilt Essen aus und reicht Schüsseln herum.

»Sie sind ein richtiger Küchenchef«, sagt Miss McDermott. Ich sehe mich auf dem Tisch um und stelle fest, dass sie recht hat. Dad ist ein Meisterkoch geworden. Er würde in jeder Kochshow den ersten Preis gewinnen.

»Ich habe mich darauf verlegt, Kochen einfach als eine andere Art des Malens zu betrachten«, sagt Dad, und ich denke: *Ach, Mom, hoffentlich hast du das gehört. Hoffentlich kannst du uns in diesem Moment sehen und sitzt mit uns an diesem Tisch.* Ich spüre Dannys Hand, die nach meiner Hand greift. Ich drücke fest seine Finger.

»Mein Dad kocht nie«, verkündet Sammy, und Danny lacht, und dann schreit Sammy: »Pizza los!« und haut die Gabel in den Kürbis. Dad bittet um das Brot, dann um die Butter. Miss McDermott tut sich ein zweites Mal Salat auf. Danny sagt: »Wenn das Owen erfährt«, und ich sage: »Lieber nicht«, und Sammy sagt: »Wer ist Owen?« Dad will jetzt endlich zur Sache kommen, räuspert sich und sagt: »Wir haben alle an dem geheimnisvollen Fall von Miss Martine gearbeitet. Heute hat es, soweit ich weiß, einen Durchbruch gegeben.«

Völlig verblüfft sehe ich Dad an. Ich sehe Sammy an, der zu zappeln beginnt. Ich sehe Danny an, und mir fällt ein, dass er heute Morgen auf der Brücke mit Old Olsen gesprochen hat und dann zwischen den Bäumen verschwunden ist. Danny, denke ich – vielleicht hat Danny es vor mir gewusst, aber dann sehe ich mich in der Tischrunde um und merke, dass ich lieber Miss McDermott im Auge behalten sollte. Ihre Wangen sind hektisch gerötet, und sie hat einen Blick, wie ich

Koffer und schlich sich aus dem Haus, aber da war der Sturm schon über ihr«, erzähle ich weiter. Und plötzlich sehe ich mich mit Miss Martine in dieser Nacht mitten im Sturm mit einem Koffer, der alles enthält, was eine moderne Prinzessin braucht, wenn sie mit dem Mann, den sie liebt, dem Vater ihres Kindes, leben will. Das Wasser stürzt vom Himmel, es hört gar nicht mehr auf, der Wind braust und hört nicht mehr auf, und irgendwo in der Stadt besteigt ein Mann einen Zug, und irgendwo am Stadtrand bleibt ein Taxi im Unwetter liegen, und etwas später springt der Zug aus den Gleisen. John Butler Everlast wagte sich in den Sturm hinaus und fand seine Tochter. Eigenhändig fuhr er über die überfluteten Straßen, er, nicht sein Chauffeur. Neben ihm der reißende Fluss, erst musste er seine Tochter retten und sie dann auf seine Weise beschützen. Er brachte sie nach Hause und vergrub ihren Koffer mit den Sachen und sorgte dann dafür, dass ihre Schwangerschaft geheim gehalten wurde. Er brachte sie nach Hause, und dort blieb sie fortan. Mit gebrochenem Herzen. Zerbrochen. Später kümmerte sich ihr Sohn um sie und das Anwesen.«

Miss McDermott schüttelt den Kopf. Alle am Tisch schweigen. Selbst Sammy ist still. »Sie ist nie geflohen«, sage ich, »und sie hat auch nie richtig gelebt. Ihr Herz war gebrochen. Sie war noch so jung.«

»Das ist also die Geschichte, wie Old Olsen sie erzählt«, sagt Danny nach einer Weile.

»Und dann gibt es die Geschichte, die Everlast erzählt«, sagt Dad, »in seinem Gemälde. Er musste sie auf Leinwand bannen. Seine Enttäuschung, seine tiefe Reue. Erstaunlich, Katie. Erstaunlich. Diese Geschichte. Wie du sie herausgefunden hast.«

»Ich verstehe nur nicht, warum sie überhaupt untergetaucht ist«, sage ich und denke an Miss Martine in ihrem Haus auf dem Hügel. »Warum sie sich vor der Welt verschlossen hat. Warum sie nicht nach einiger Zeit wieder am Leben teilgenommen hat.«

»Das werden wir nie erfahren, Katie«, sagt Miss McDermott.

Das Davor und das Danach, denke ich. Die Farben der Vorsicht und der Warnung.

»Die gnadenlose Auswirkung der Reue«, sagt Dad.

»Die Auswirkung der Scham«, sagt Miss McDermott kopfschüttelnd.

Aber ich verstehe es immer noch nicht, dieses Verschwinden, ein selbst gewähltes Verschwinden, als wäre man tot, obwohl man nicht tot ist, als wäre man ein Geist und ist doch aus Fleisch und Blut, als wollte man leben, aber könnte nicht. Verschwunden, bis die Vergangenheit wieder ausgegraben wurde.

Die Liebe ist vielleicht größer als alles andere, denke ich. In der Liebe steckt vielleicht die größte Zerstörung. Ich blicke auf Dad und den leeren Stuhl meiner Mutter, und ich denke daran, dass Danny in ein paar Tagen gehen wird, und ich denke an Jessie und Ellen und mein eigenes Verschwinden. Und dann überlege ich mir, dass Miss McDermott jeden Abend in ein Haus voller Bücher kommt, obwohl sie die fantastischste Bibliothekarin aller Zeiten ist und jeden haben könnte, den sie will, wenn sie nur wollte. Einmal geliebt zu haben, bedeutet vielleicht, immer zu lieben – und wenn man Glück hat, bleiben die Liebe, das Sehnen, das Leben in der Erinnerung bewahrt.

»Jeder wird mit seinem Schicksal auf seine Weise fertig«, sagt Dad.

Ich sitze neben Danny und weiß, dass Dad recht hat. Ich stelle mir vor, wie die Blumen meiner Mutter nun im Garten von Miss Martine wachsen. Ich überlege, ob ich jemals damit fertig werde, meine geliebte Mutter verloren zu haben, und dann empfinde ich plötzlich Dankbarkeit für das, was ich noch habe, und das, was neu hinzugekommen ist.

»Tolle Party, Dad«, sage ich mit belegter Stimme.

»Hier hat ein bisschen Leben in der Bude gefehlt«, sagt Dad. »Und außerdem lieben wir alle geheimnisvolle Geschichten.« Er sieht zufrieden aus, sogar halbwegs glücklich, seine eine Hand ruht auf der Stuhllehne von Mom, seine andere auf der Stuhllehne von Miss McDermott. Jetzt sieht er zu Sammy hinüber und trifft eine Entscheidung. »Katie, mein Schatz«, sagt er, »würdest du bitte meinen Spitzenassistenten nach Hause bringen? Er sieht schon ein bisschen kaputt aus.« Ich schaue zum anderen Tischende hinüber. Er hat recht: Sammy ist fast eingeschlafen – seine Augen stehen halb offen, und sein Gesicht ist verschmiert, als hätte er zu viel Pizza gegessen.

»Es war ein fantastischer Abend, Dr. D'Amore«, sagt Danny und steht mit mir auf. »Ich freue mich, dass ich Sie kennengelernt habe.«

»Bei den D'Amores steht die Tür immer offen«, sagt Dad. »Katies Freunde sind auch meine Freunde.« Danny macht eine leichte Verbeugung, und ich drücke meinem Dad einen Kuss auf die Stirn.

»Komm, Sammy«, sage ich und strecke die Hand aus.

Er schüttelt trotzig den Kopf und rührt sich nicht. Behutsam zwinge ich ihn aus dem Stuhl und gebe ihm ebenfalls einen Kuss.

»Ich komme wieder«, sagt Sammy und macht einen perfekten Schmollmund. »Morgen komme ich wieder.«

»Das Frühstück wartet auf dich«, sage ich.

Danksagung

Ich weiß nicht, ob wir mit einem Verlust jemals wirklich fertig werden. Und doch habe ich in der Zeit nach dem Tod meiner Mutter von vielen lieben Menschen außerordentliche Freundschaft und Liebe erfahren dürfen. Mein Dank gilt deshalb zuallererst all jenen, die zugehört, mein Haus mit Karten und Blumen gefüllt und mir die Richtung gewiesen haben. *Nichts als Liebe* enthält wesentliche Elemente dieser Erfahrung – die tiefe, unerschütterliche Güte meines Vaters, den Spaghettikürbis von Jamie Comiskey, die Freundlichkeit von Yvonne D'Amore und Ann McDermott, die sprühende Lebhaftigkeit meiner Nichten und Neffen Miranda, Owen, Julia, Daniel und Claire, den unfehlbaren Verstand von Ivy Goodman, Alyson Hagy, Jennie Nash, Rahna Reiko Rizzuto, Kate Moses, Ellen Brackett, Amy Rennert und meiner Tante Carol. Jeremy, du hast mich gelehrt, mich inspiriert, mich glücklich gemacht. Bill, ich danke dir.

Dem ganzen Harper Team sei gedankt – Laura Geringer, Jill Santopolo, Corey Mallonee, Cindy Tamasi, Lisa Bishop, Carla Weise, Renée Cafiero, Laaren Brown. Vor allem Laura danke ich für ihre Unterstützung und dass sie zwischen den Zeilen mehr entdeckt hat als ich selbst.

Dank an den Chanticleer Garten und die Geister, die ihn erblühen lassen. Ihr habt den Samen gesät und dieser Geschichte ein wunderbares Zuhause gegeben.